阿鼻劍前傳

阿鼻劍前傳

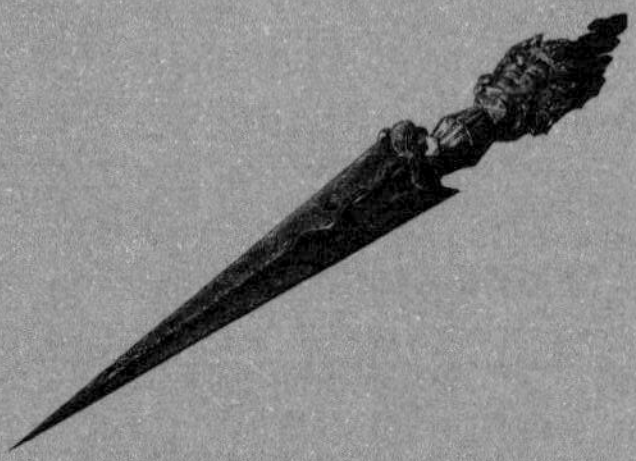

卷二

阿鼻劍前傳

ABI-SWORD Prequel Volume Two

風起八千里

馬利 著

MA LI

和鄭問一起
獻給《阿鼻劍》所有讀者

前情提要

五代亂世，南唐的平川父母早亡，從小寄人籬下，在客棧裡跑堂。

某一天，他因為救了一名投宿客棧病重的書生，回報是得到了一把劍，學會「三才劍法」，也在十九歲的時候出門遠行。

平川啟程後意氣風發，卻在路上被惡名昭彰的十八惡道震懾，又因為被扣上謀殺縣令的罪名送上刑場。幸運地是，遊走江湖的摩訶劍莊大護法勿生救了他。

勉強保住一命的平川，走投無路，在山中遇見和父親隱居的嬋兒，愛上了她。他想要終生守護嬋兒，決定去縣城找回他失落的劍，卻差點送命，回到山中又發現嬋兒失蹤。惱恨的平川殺了追蹤而來的敵人，從此走上尋找嬋兒之路。

路上平川認識了走唱江湖的小青。小青因相信自家嬤嬤的預言而獻身給平川，卻又因為自己其實是靈月教教主陶夜的禁臠，不得不回到他身邊。從此，平川的心思一直在嬋兒與小青之間游移不定。

迷惘之際，平川去尋找一座供奉地藏菩薩的廟宇解憂，卻目睹富貴人家欺壓農民，再動手殺人，並捲入十八惡道與寒冰掌之間的糾紛，還在因緣際會下，服用了千年赤蔘，不只增加了幾十年功力，且意外與勿生重逢。勿生當時已經被逐出摩訶劍莊，並遭人暗算重傷。平川有了回報的機會，協助勿生療傷、康復。

勿生帶平川去六家村找孫手協助，以便一路通關南下閩國。平川逐漸得知勿生是為了要尋回一把八年前自己放棄的神祕寶劍——阿鼻劍。當他們抵達阿鼻劍藏地所在的智覺寺時，勿生遇見了過去的戰友，盲者古岩，也發現必須面對寺廟的住持圓慧方丈、十八惡道中的三惡、摩訶劍莊的掌門人方禮。這些人雖然都覬覦阿鼻劍，但即使挖出了阿鼻劍所在的坑，也無法取出。連勿生自己也無法。

最後，勿生因為重傷之下倒在坑裡，才在瀕死之際用自己的血重啟了阿鼻劍，並戰勝了各方人馬。出生入死之後，勿生就此將平川取名為「勿離」，和古岩三人一同下山，準備為遭十八惡道殺害的孫手報仇，也尋找嬋兒。

目錄

contents

一 暗夜中

我聞到什麼味道。

不是多好聞的，也不臭。可慢慢地，味道讓我醒了過來。

黑暗中，有地方亮起來。

周圍一些輪廓也出現。

我看了一會兒。是個林子。

亮起來的，是從樹頂瀉下來的月光。

我也知道自己是趴在地上，側著臉在看。想坐起來，卻動不了。貼在地上的半邊臉有點濕，這才意會到剛才那是泥草的味道。

月光下，地上的草，大小不一的石頭，各自清楚分明。

銀白中，還有一個光影在移動。再看，是一個白袍女子，身形嬌小，長髮起落。

她輕緩地盤旋，不論袍袖還是黑髮，都隨著舞步泛起點點晶亮的光點。

光點大小不一地變化著。逐漸，也帶出不同的顏色，高低圍繞著女子的舞步飄動。

我想坐起來看得更清楚，好不容易只能掙扎著一點點起身，倚著一棵樹坐住。

有些光點飄動得急了，飛高。有些聚合得越來越大，光色卻暗沉下來。逐漸只剩紅、綠、紫、褐四種色，在月光中上上下下地圍繞著女子飄動，透著詭異的森然。

身影裊繞的女子渾然自在，繼續她的舞步。長髮飄動，偶爾會瞥見她小巧的下巴。

光團越發糾集得更大，高低飄動得更急，許多飛上林梢，撞上樹幹。

一陣風過，有東西動了起來。

是幾棵大樹。樹在晃動，幹木互相攪纏。撞上樹枝、樹幹的光點一沒而入，鼓起四色不同的團塊，不停地腫脹。樹木碰撞到彼此，又糾結扭曲，逐漸形成一個形狀莫名的巨物。

女子仍然毫無所覺地舞著。有那麼一兩回似乎看到她微動的嘴脣。她像是在唱什麼歌，聽不到聲音。

巨物身上腫起紅、綠、紫、褐各色光點、光塊，像是掙扎要擠出人形，又像是要變成另一個形狀，終於探出一隻形狀可辨的巨手。巨手疾風般朝女子攬腰掃去，手指上又猛然長出許多口齒猙獰的人頭。

我大叫一聲「嬋兒！」要起身衝過去。

轟然！我倚坐的大樹也轉成一個巨物。比我五、六顆頭還大的一隻腳掌踩過來，腳心一顆綠色光團，盛著一個喉嚨被刺穿，張嘴不停噴著血的人頭。

我猛的坐了起來。心跳得要蹦出胸口。

過了好一會兒，我才想起自己是在哪裡。也摸到額頭的汗水。

「做了惡夢啦？」

借著窗外微光，我看到古岩坐在屋角的身影。

深夜裡，他的高冠沒卸，手杖就在身旁。

我應了一聲。轉頭看，勿生還躺在那裡，沒怎麼動。

我伸手摸了下他的額頭。「很燙。」

我們從智覺寺下山，闖進住馬亭取回自己的馬車，勿生就急著回唐國。他想知道孫手的遭遇，要給他報仇。

可從上車起，勿生就病了。血惡砸中他的那兩棍畢竟不輕，加上後頭耗的精力太大，發起高燒。

我駕車，古岩照顧他。偏偏黃昏時分鞭馬急了，馬在路上折了腿，車也翻了。

我扶著勿生走，好不容易看到一家農舍決定先安頓。這時節快過年，農家不缺吃的東西，也挪了間房讓我們住下來。古岩要我塞點錢叫他們不要聲張。

古岩一直擔心會有追兵。

「那有什麼好怕的？」我說。圓慧，還有他手下俐落的那批弟子都死了，就算有人追得上又有什麼。

「智覺寺沒人，可人家皇帝有人。這佛、道兩大法師，閩國皇帝奉若神明。殺了他們，皇帝要搜捕起人來……」他說。

「有我們呢。」我說。

古岩有一會兒沒出聲，接著說道，「你沒見過那陣仗。」

我不知道他說的陣仗如何。

經歷過覺智寺那一仗，覺得天下再無可懼之戰。來人再多，打就打啊。我相信勿生重啟了阿鼻劍，那把劍會庇護他。何況，不管怎麼說，我現在都有了勿離這個名字。之前我就守護過他，幫他恢復過一次。這次一定也不會有問題。

只是我幫勿生運過氣，也輸過氣，但都不見好。

勿生先是發燒，一整天都沒吃東西，進了屋裡更一直昏睡不醒，只醒過一次，只問過一句話，「我的劍？」

就在他身旁，靠牆那邊，黑黝黝的。阿鼻劍沒有一絲光亮。

突然，古岩站了起來，抄起倚在牆角的手杖。

我剛要問他，古岩朝我輕噓了一聲。

我只聽到窗外颾著的風聲。他的眼睛看不見，聽得靈敏。

又過了一會兒，他說，「有人來了。」

我又再過了一下才聽到動靜。也有人說話了。

「半夜打擾勿生大護法，有急事相報。」是個有點蒼老的聲音。

二　邀約

從智覺寺下山後，雪就停了。這時地上泥濘，天上月光稀微。

站在近處，是一名冠袍華麗，清瘦長鬚的老人。

風吹得火把劈啪作響。

他身後，站著一名中壯年紀，身穿紅衣的人。他左手擎著火把，腰帶閃亮，兩邊各別了一個長柄形的東西。

再後頭，兩三丈遠的地方，停了一輛四匹馬拉的大馬車，兩人駕車。

火光下，老人身上的玄色袍子泛著一種特別的光澤，非綢即緞。肩上立著一隻小鳥，細看才知道是繡的。

我想起另一個袍子也是光鮮亮麗的人，想起那片漁網落下來罩住他。

「來者何人？」古岩問道。他的嗓音低沉，話也短。

「吳越國慶賀大閩國皇帝佛道法事特使，寧西王府參議，葛文。」老人帶著微微笑容。

吳越國特使。原來是當官的，難怪我想起韓思武。不過這老人雖然安靜地站在那裡，但氣派比招搖過市的韓思武大了不知多少。只是模樣有些說不出來的怪。

隨著韓思武，那家客棧，還有彈著琵琶陪我看光景的青衣女子，也在我心頭波動了一下。

「噢。」古岩接道，「特使只有兩個人？」

老人捋鬚一笑。「為了一路跟上各位，沒來得及叫其他人。」

「怎麼會勞駕特使來到這裡？」古岩問。

「長樂府法會結束後，在下也慕名去了智覺寺。」葛文輕咳一聲，說道。「承蒙圓慧法師招待，勾留了幾天。下山前一天夜裡，出去閒步，也正好是機緣，」他頓了一下，「有機會看到勿生大護法和各位俠士身手。」

火把在風中劈啪作響。

「實在是渴盼結識，所以就一路跟隨下山。」葛文繼續說，「在下努力跟上，是希望可以略盡護送之力。」

「護送？」古岩冷冷地問。

葛文笑了一下。我看出他的模樣怪在哪裡了。他的眼睛一大一小。笑的時候，左邊的小眼瞇得更小，右邊的大眼則會睜得更大。

「刻下閩國皇帝已經知道了消息，加上智覺寺住馬亭的人也看到各位，所以已經通令緝拿諸位。」葛文又捋了一下長鬚。「在下急著見上勿生大護法，是想到一個三全之計。」

「哪來的三全？」古岩問。

「搭上此車，再也不必把追兵放在心上，神鬼不知地離開閩國，此其一。」葛文停了一下，指指身後的馬車，左眼瞇得更小，右眼也顯得更大了。「各位去可以順道吳越一遊，成全我們寧西王仰慕天下豪傑之心意，此其二。」他再頓一下，「勿生大護法可以及早就醫休養，以免傷勢加重，此其三。」

「誰說他需要休養？」我不由得冒出一句。古岩的臉朝我側了一下。他黑衣黑冠，在火把躍動的光下，膚色白得清冷。

「路上我們看到翻掉的馬車，也幫各位處理好了。」葛文不疾不徐地說著。「後來也看到兩位扶勿生大護法進了這間屋子。」

這次我沒敢接腔，望向古岩。

古岩又問了。「就這樣能跟你們離開？」

「我們特使團來了九駕馬車，兩百人。」葛文回道。「跟我們回到城裡，一起走很容易的。」

古岩沒作聲。

「我不去。」一個聲音傳來。

勿生倚門而立，大半個人在陰影裡。他的臉上、衣袍，四處血汙，一直沒離手的阿鼻劍撐在地上。

「我要去六家村，先祭拜孫手。」他說話聲音還好。「再找十八惡道報仇。」

「不用去六家村了。六家村已經滅了。」葛文輕聲說道，「沒留一個活口。」

我倒吸了口氣。勿生和古岩也一驚的樣子。

「沒留一個活口？」勿生慢慢說道，「十八惡道作惡多端，可沒聽他們下過此等毒手。沒有道理。」

「主謀不是他們。」葛文點點頭，「刻下聽到的：是你們唐國的鎮國公。十八惡道只是聽命行事。」

「鎮國公？十八惡道聽他支使？他為什麼要滅六家村？」勿生一口氣問道，後頭聽得出有些喘。

葛文搖了搖頭，「不知道。」

我看勿生。古岩也在望向他。
勿生冷笑了一下，「鎮國公，那好，我正好找他把帳一起算了。」
「可總要把身子養好再說吧？」葛文聳了聳肩，繼續說道，「我聽勿生大護法說話，該是有前傷未癒，這次加上新傷，復感風寒又已熱入血室。再有耽擱，只怕就麻煩了。」
站在他身後手擎火把的人頭一次上前說話，「葛大人，天就快亮了。」
葛文點了點頭，「各位再不上車，後面追兵來到，在下就想幫忙也幫不上了。」
「生死有命，不勞費心。」勿生說。
「江湖傳言勿生大護法豪氣，果然名不虛傳。」葛文慢條斯理地說道，「那，如果此去可以得知怎麼使用阿鼻劍的法子呢？」

三 傳話

「這是什麼話？」勿生的眉皺了起來。

「剛才為免唐突，沒有說。」葛文肅著一張臉。「有人要在下傳話。勿生大護法此次得了阿鼻劍，不見得能使此劍。能使一次，也不見得能使兩次。」

有人預知勿生能拿到阿鼻劍，還知道這麼多事？我看著葛文，心頭跳著。

有那麼一會兒，只聽得見風聲和火把偶爾嗶剝的燃燒聲。

「什麼人說的？」勿生問。

「在下不方便透露。」葛文的眼睛又一大一小起來，「說話的人就是要當面跟勿生大護法說。」

「故弄玄虛！」勿生的眉更皺。照這一陣子我所知，這是很不耐煩，有些惱怒了。

幸好古岩接話，不然我不知道勿生是否就要翻臉。

「這樣吧。」古岩拄著金杖，叮叮兩聲走過來。對著勿生的方向，他說，「你還是去一趟，弄清楚是怎麼回事吧。我去六家村看看。兩個月後我去吳越國找你們。真有鎮國公的份，不怕仇沒得報。」說著，他揚首朝葛文問道，「去吳越國哪裡找你？」

葛文回道，「找寧西王府葛軍師。」他轉頭叫了拿火把的人一聲，「韓飛，給一個信物。」

韓飛走前一步。我看出他腰間別的是什麼了。是兩把長柄斧頭，各有一個皮套套著，掛在腰上。

他探懷拿出一個東西，朝古岩扔來。古岩一手撈住，是一枚金牌。

「那你，你自己可以嗎？」我問古岩。

古岩又朝我側了一下臉。

第一次看他長射金錐的場面浮上眼前，我為自己多嘴很不好意思。

韓飛又開口說道，「葛大人……」他伸手指指，路的遠方有很亮的火光，顯然有大隊人馬過來。

「諸位如果再不拿個主意，」葛文說，「只怕我們得先走了。」

火把嗶剝的燃燒聲更大了。

「那我去住兩個月。」勿生朝葛文說道，「走的時候，我也會為你們西寧王做件事，兩不相欠。」

「太好了！」葛文的神情大喜過望。「勿生大護法願意到敝國一遊，殿下會倒履以迎。」

我心裡五味雜陳。一來聽葛文說的那人挺神乎的，去看看到底是怎麼回事很有意思。但勿生不是三心二意的人，怎麼聽了幾句虛無飄渺的話就又改變主意，讓我心情有些說不上來。

我邁步去找那家人，想多打點一下他們。

「你去哪裡？」古岩問。

我還沒回答，古岩又接道，「不必麻煩了。他們剛才把一家人都處理了。」

我望向葛文，他捋捋長鬚。

腰插雙斧的韓飛看我。

再看看勿生，他臉上也沒有什麼表情。

我想起剛才這一家有六口，腦中嗡嗡作響。要跟這些人一起去吳越國？

「那我們就動身吧。」葛文說。

勿生朝我點了點頭。我過去，他瞄了瞄撐在地上的劍，低聲說了一句，「你幫我拿。」

我伸手握住。一拎，心一沉。

雖然不像上次在坑裡拿都拿不起來，但還是沉得像是有五、六把劍合在一起。再低頭看，在火把的光下，黑黝黝的劍完全沒有大戰圓慧的銳氣，看不出劍鋒，是鈍的。

勿生說當年這把劍在王繼雄手裡砸死人沒問題，交戰砍殺可不行。莫不又回到那個時候？

「得了此劍不見得能使此劍。能使一次，也不見得能使兩次。」

葛文的話像是比冬夜還冷的寒意，一掠而過。

四 吳越國

吳越國，在我們唐國的東邊，閩國的北邊。

他們的開國之君，叫錢鏐。也是黃巢造就的。

錢鏐原先走私鹽，到黃巢作亂時，接受唐朝收編。等到黃巢破了長安之後再南下，錢鏐因為用了些以小博大之計，保境有功，一路擢升。

大約在楊行密完整擁有淮南之地，打下我們唐國的前身吳國基礎的時候，錢鏐也有了浙江東道和浙江西道共十三州的地盤。

再過了幾年，楊行密封了吳王，同一年錢鏐也進爵越王，比王審知稱閩王還早了七年。

錢鏐和楊行密之間，也該說一說。

有三十年間，這兩個人又合又打。錢鏐曾經和楊行密並肩作戰，幫楊行密除去過大敵，但楊行密又為錢鏐的死敵助陣，所以兩人翻臉大戰。

兩人的較勁，從封王的稱號上也看得出來。

楊行密先封了吳王。沒兩年，錢鏐也從越王改封了吳王。在緊鄰的地上，出現兩個吳王，彼此之間的關係如何，可以想見。

也因為如此，錢鏐知道自己的地盤畢竟比較小，為了不致三面受敵，就對中國保持友好，經常奉中國的正朔。當時，江南的人叫起北邊，有時候是中原，有時候是中國，也有時候就直稱國名。

中原的皇帝也趁機想以錢鏐的臣服當榜樣給各國看。所以唐朝滅亡之後，後梁、後唐對錢鏐的冊封不斷。錢鏐就是在後梁建國後，改為受封吳越王，免了兩個吳王的問題。

兩者之間的衝突，到楊行密死後，徐溫接任，也還在持續。後來北方梁國要打徐溫，要錢鏐從旁助攻。結果徐溫兩面作戰也兩面都打了勝仗，打退了梁兵，也擊敗了錢鏐。雙方這才總算同意罷兵，吳越國也才有了一段休養生息的機會。

到我離開鄱陽那一年，兩國停止交兵已經二十來年，不過老輩的人還記得當年曾經有過「兩吳之爭」。

但不管打不打，民間的來往就沒斷過。平常說起來，我們都是叫那裡的州名，或是「越國」、「越王」。

吳越國只有兩道十三州，比我們唐國小多了。可是他們臨海，漁獲好，絲產得好，也跟新羅、日本有貿易往來，所以休養生息了一陣，就也很富庶。

葛文，是吳越國寧西王錢傳瑊的軍師。錢傳瑊，是錢鏐的兒子錢元瓘的堂弟。

錢元瓘從小有膽識、勇名。當年錢鏐配合梁國出兵攻徐溫的時候，就是以錢元瓘為先鋒主帥，還先打了幾場勝仗，後來才輸給徐溫。錢傳瑊當年就是錢元瓘的副手。

等錢鏐死去，錢元瓘即位，沒忘輸給吳國的遺恨，特別賜錢傳瑊當平西王，後來看吳國國力日益強大，才又改名寧西王。

吳越國想拓展版圖的人一直都在，我們進長樂府那年頭上，他們和閩國還打了一仗。到了年底，錢元瓘為了對閩國新皇帝王延羲示好，就派了特使葛文來祝賀，並參加法事。

葛文就是在這個時候見到我們，邀我們去吳越國。

錢元瓘雄心不滅，寧西王錢傳瑊更想立功建業，所以廣招豪傑。不知道他帳下招了哪位高人，竟然預知勿生會來啟動阿鼻劍，還有那麼多事。

這實在很神奇。會是什麼樣的高人呢？

一路上我照顧著勿生，也滿懷期待，跟著葛文的車隊進了吳越國。很快，在杭州城外我就見到了高人。

五　怒濤前的人

車隊人馬到了一個地方停住。外面聽得見各種動靜、人聲。

韓飛一直陪在我和勿生這車上，不時聊幾句。這會兒他下車去看。韓飛比勿生年紀還大些，是荊州人。來吳越國有十幾年了，進了寧西王府也有五年。他先在寧西王身邊，後來寧西王就叫他當葛文的貼身侍衛。

勿生一路上精神很萎靡。葛文說得沒錯，新舊傷並發，再加上傷寒，身上越來越燒燙。我一路著急，他們說到了寧西王府，葛文就可以派人好好醫療勿生，這時卻不知怎麼在這裡停了車。

韓飛掀開車帘，探頭進來說，「下來看看。」他身材魁梧，一身紅衣襯得臉色格外黝黑，腰上別兩把斧頭，說起話來倒很柔和。

我當然想看。

不知是不是睡著，勿生閉著眼睛。

下車，果然是番光景。

先看到的是水，江海不分的水。

水裡浪濤洶湧，一波波拍向岸邊，發出好大聲響。

葛文的車隊人馬在一個坡上。此刻下車的下車，下馬的下馬，一長溜的人都在坡上望下看。

岸邊立了一個人。身後遠遠的，有些人影。

冬日的早晨，太陽本來就亮。
岸上的人是個和尚，雪白的僧袍像是在閃光。
他單掌立胸，一動不動地站在那裡，直望著江海。
其他旁觀的人，連我們這邊坡上的人，不是也看著和尚，就是也在盯著水裡。

錢塘江的事，我也聽過一些，但是到親眼目睹的時候，又不一樣。

錢塘江又名羅剎江。說成這樣，就知道浪濤有多凶了。
到了八月近秋收之時，浪大得就更麻煩了。唐朝有個詩人寫過一首詩，我聽人家才唸過一次，還記了前兩句，「八月濤聲吼地來，頭高數丈觸山回。」
每年這個時候這麼大的浪濤一來，杭州城外成了汪洋澤國，什麼稻作收成都沒了。
千百年來如此，到了吳越王錢鏐手上才真正決心整治，當真築了海塘，免了大患。
錢鏐除了築海塘，還鼓動了射潮大軍，看大潮來襲的時候，就萬箭齊發，要把海龍王射走，叫定海箭。聽說這麼射了幾次，海龍王還真怕了，後來潮就沒有那麼大了。

此刻，我聽坡上旁觀的人七嘴八舌地說，沒看過冬月裡浪也大成這個樣子。

八月的浪潮能大到什麼樣子，我不知道，光眼前水裡的翻騰起伏，叫人目瞪口呆。

不只是一波波的浪潮拍到岸上，那轟然的聲響，迸裂的水勢。浪濤更是竄高走低，推進如雷。

我這也看出，拍擊沖岸，凶猛直似要裂地三尺的浪潮，一直沒能吞沒那個和尚。高出他三、四個身長的浪濤，眼看要兜頭把他捲走，到他正前方那一波就倏然而沒。潮水衝到他頭頂上方，像是碰上一道看不見的牆，直直地如布而降，落地不見一絲水花，連他僧袍都紋風不動。

我周遭的人不再出任何聲息。

看葛文站在一個高處眺望。韓飛就在我身旁，目不轉睛地盯著。

怒濤再衝，這次就在湧上岸時，突然上下左右匯聚成一根巨錐，朝那道看不見的牆直刺而去。

和尚不再只是單掌而立，迅速雙掌合擊，十分清脆地啪的一聲。

也就隨著這一聲，浪濤匯聚成的巨錐瞬間像是結成冰，冰錐又倏地碎裂成千萬個數不清的小冰塊，小冰塊像下雨般落地，落地後立刻蒸化成氣，無影無蹤。

所有這些變化，每一個步驟都看得清清楚楚，可所有的步驟也都不過是發生在彈指之間。合掌而擊的聲響之後，直似只聽到沙的一聲，天地又恢復安靜。

波濤全無，端的是風平浪靜，只見波光粼粼。看得見一些海鳥，還有幾艘小船。

和尚收掌，回身而去。

我看呆了。

先是遠處傳來歡呼聲，再我這邊的山坡上也沸騰起來。

「出門前，不動大師就說要平海，沒想到有福氣趕得上。」一路上都沒見韓飛怎麼笑。這時看他嘴咧得好大。

葛文在往車上走，大眼小眼更明顯。

我也看到勿生倚在車邊放下了車帘。

他一直沒下車，剛才應該有撐起來看到這一景。

六 初見不動

寧西王府讓我開了眼界。

這麼多年過去了，想起來第一次進那座王府的光景，還是覺得眩目。

王府開了大門，葛文帶的馬車隊直接進去。

院落重重，冬天還有高聳的長青林木。我們到的時候還不到中午，冬陽下，林木間隱約透著不可名狀的光。

一路每隔不遠，就有手持槍戟的兵士守衛，肅然整齊。陽光照在槍尖戟刃上，更是晃眼。

到了一個院落，已經有一群人等候。葛文帶頭下了馬車，接著有張八人抬的榻床把勿生接了進去。

院子也不小，又走百來步才有座樓。

樓的屋簷四角都閃著光。走近了看也不明白，後來才知道那是鑲著晶瑩的翠玉。樓前的台階，是另一種光，吞吞吐吐，好像流動著。也是後來知道，那就是白玉階。

進了樓，韓飛帶我走過長廊，進了一間房。

進去是一扇屏風。

向北有幾面窗子，都關著。陽光透過窗櫺一道道進來，把空中的微塵照得分明。

窗下有一張高長的桌子，桌上鋪著紙，和準備好的筆墨。

屋子中間生著一爐火，暖意迎面而來。

爐火後方，有幾張畫帳。畫帳邊上，露出幾個疊在一起，顏色繽紛的箱子。

對著窗，有一張垂著彩幔的大床。床邊，匇生躺在剛抬進來的榻床上，床邊站著幾名侍女。

一名老者正坐在榻床邊給匇生把脈。

匇生的眼睛半闔著。

老者起身，走到高桌前，拿起筆書寫。

葛文走過去，在旁邊守看著。

等他寫好，接過去看了一遍，葛文捋鬚說道，「果然是名醫。這帖方子極好。」

正在此時，屋裡一陣騷動。我轉頭，看到了他。

雪白的僧袍透著晶瑩的光澤，非絲即綢。在窗櫺透進來的陽光下，他整個人熠熠生輝。

他的僧袍白，可他的臉卻竟然能顯得更白。卻又不是蒼白，比門口白玉階的白又更生動。這樣他的眉就襯得格外濃黑，卻又不顯粗，和一雙大眼睛正好相配。

也因為這樣，我看不出他的年紀。清清秀秀的，好像比我還小。他眼睛裡的深邃，又好像是比勿生還大。

「不動大師！」葛文帶頭叫了一聲。

不動單掌立胸回了一訊。

「今早看了大師鎮了海龍王，功德無量！」葛文說。「這種咒術、法力，當今再無人能及！」

「海龍王出巡弄潮，都是八月。冬月裡來鬧的，都是海妖。」不動說著話，走向勿生榻床邊。聽他說話的語氣，忽然又像是個五、六十歲的人了。

我看他走近，讓開一些。不動就站在那裡端量勿生。

葛文和老者過來，拿了剛開好的藥方給不動。

「這帖藥方很好。」不動看完後說道，「不過，時間會拖得很長。」

不動再走近些。他一掌拍上勿生胸口。這一掌震得勿生傾起身子，噴出一口血。

不動已經輕盈地躍起閃過，但還是有些血星沾到了他的肩上。

「你幹什麼？」我吼了一聲。

勿生又躺回床頭，但睜開了眼睛看到我，喘息得很厲害。

我擠過去握住他的手。他回握了一下。

「給我筆。」不動招了下手。

侍女紛紛走去高桌，把筆墨硯都端了過來。

不動左手托著紙，紙邊在他手裡微微飄動，右手則接過侍女遞過來的筆。不動就這樣寫起字來。紙托在他手裡，就和放在案上一樣。他像在疾書而下，又好像在散筆慢遊，在紙上這裡那裡寫了幾個字。

我雖然不懂書法，也知道這一手非比尋常。當然，看過他早上在海邊那一手，這又實在沒有什麼。

他把改好的藥方又給葛文和那位老者看。「去了他的淤血，再改了三個藥引子，」不動說道。「這樣可以好起來更快，又不留根。」

「高！高！」葛文說話。眼睛又一大一小起來。老者也在一旁點頭。「不愧是不動大師！」

勿生吐了口血之後，精神好多了，一直在看著不動。再過一會兒，他說道，「就是你叫我來一趟的嗎？」

「好說好說。」不動說道，微笑了一下。「現在你就先好好休息吧。」他說話的聲音，溫柔得像窗櫺裡透進來的冬陽。

剛才他雪白僧袍肩上染的點點猩紅，對映出他紅潤的脣。而現在這一笑，不只讓我看不出他的年紀，甚至也看不出他是男是女了。在他臉上，那笑容既寬厚，又嫵媚。

不動回身出去，和我錯身而過，突然我覺得左手多了個東西。葛文他們送不動出去，我握緊了左手，覺出那是一張紙條。

「就不打擾勿生大護法休息吧。」葛文在門口說道，望向我，「你也回去歇一下。」

七　覓春和尋溪

我一直到解手的時候，才讀到了那張紙條。

那天韓飛帶我到了住處，比勿生的小一點，不過也是我這輩子住過最闊氣的房間了。「這兩個婢女是專門侍候你的。有什麼事跟她們說。」他指指身後，我才看到那裡不知何時站了兩個女的。「她們料理不了就會來找我。」

兩人都是身著長裙、半臂。

個子小一點的瘦一些，梳著雲髻。個子高的胖一些，髮髻斜在腦後。年紀都跟我相仿，應該是場面看多了，直直地望著我毫無迴避。

她們朝我萬福。

個子高一點的臉上笑容多一些，先開口說，「我是覓春。」

另一個說，「我是尋溪。」

我跟他們說，想解一下手。

「正好。」韓飛跟我說。「卸了身上的東西，就去洗澡吧。」

「卸？」我問他。

他朝我努努嘴，「你又背又掛的一身東西啊。」

這一路，我都是把自己的劍掛在腰帶上，阿鼻劍包在層層布包裡斜背在身上。韓飛這一說，忽然覺得全身上下很重。

覓春掩口輕笑一聲。

在寧西王府解手、洗澡，真是開眼界。

覓春她們帶我去了一間屋子。推門進去，四面牆上都掛著厚厚的帷幕，有長几，几上有燭火，屋裡也生著爐火。有幾名短衣打扮的侍女在忙活，隆冬中額頭還帶著汗水。

覓春和尋溪和這些侍女顯然很熟，拉過一人邊親暱地說話，邊看我。

其中一名侍女上前幫我脫下了外袍，另一人掀開帷幕一角。尋溪淺笑著說，「大人，這邊請。」

我進去，外面天雖然還沒黑，卻到處點著明亮的燭光。

房間中央放了個又像船又不是船的東西。是木頭做的，船首、船身，都雕著花草鳥獸。船身在氤氳中，再看裡面，盛了半滿的熱水。

短衣侍女不停地進出，又抬著一桶桶熱水進來，往船身倒。

我會過意來，這不是船，這是個船形的大澡桶。

對著船，立著一張畫帳。

覓春淺笑著問道，「大人要挑一個嗎？」她伸手指指身後一個架子。上面一格格地擺放著許多色彩不一的罈、缸。

我問她這是要做什麼，尋溪倒幫我回了一句，「就這個吧。」拿了一個就快步帶我繞過畫帳。

「大人請先方便，要淨手的時候再叫我們。」尋溪說。她先到畫帳後面等我去了。

原來那些罈、缸都是夜壺，剛才覓春是問我要挑哪個用。以前聽說過富貴人家的夜壺有多講究，可要講究到這個地步，真不虧是王府。

趁著沒人，我趕快拿出揣在懷裡的紙條。

上面寫著，「錦山　三天前　三更」。

沒頭沒腦的。我正在揣摩的時候，紙條上的字消失了，紙也慢慢爛了。

這不動和尚果非凡人。可他到底說的是什麼意思呢？

就不想了。

解完手，屋子裡已經熱氣騰騰。整艘船都注滿了熱水。

覓春過來了。她已經去了長裙、半臂，只剩近乎肚兜的短衣，不只露出半個胸脯，也露出光潔晶瑩的大腿。

我頭有一陣暈。

「大人，先沖沖澡，再上船吧。」覓春說。

我不知要說什麼，根本不知怎麼動彈。一來這真還從沒有這種遭遇，二來我下面那根東西已經完全自顧自地翹了個鐵硬。

覓春沒有說什麼就過來，幫我脫下了上衣。就在我還不知該怎麼反應的時候，她已經解開了我的束腰，褲子落地，整個人脫了個赤裸。

她纖細的手指滑過我的身上，引得我喘不過氣。

就在這時，一股熱水從頭頂澆下。我還不知怎麼反應，又一股熱水澆下。轉身才看清，是尋溪從一個桶裡用長勺舀出熱水。

覓春就著熱水，搓洗我散開的頭髮，有一股我自己都覺得噁心的味道。尋溪繼續澆她的熱水，覓春不斷地用一把梳子清洗我散到肩上的頭髮。洗好了頭髮就洗肩、胸，一路下去。

我在飄飄然中，下面那根東西一直直挺挺的。覓春洗到那裡的時候，她的手才碰到它，它不由自主地彈跳了一下就噗的射了一股東西出來。

隱約中，我聽到覓春輕笑了一聲。我真是像洩了氣一樣，也羞得抬不起頭來。尋溪的熱水澆到那裡，覓春又繼續清洗下去。

覓春和尋溪清洗了我一陣後。覓春牽著我的手，走向了那艘船。那艘船如此奇巧，有坐有倚之處，瀰漫的水氣像霧一樣，熱騰騰的水到了胸口。我這輩子不是沒沖過熱水澡，但是這麼泡在熱水裡，是生平頭一次。

水氣中，覓春和尋溪在船的兩側又為搓洗。熱氣瀰漫，她倆的人影似隱似現。不知是誰的手輕按上我的額頭往後推，我往後倒，才知道可以靠躺在船上，熱水也剛好浸到我的下巴。

她們兩個人的手繼續在我身上游移，我才剛軟下去的那裡，又開始要硬起來。可是泡在熱水裡，隨著她們撩撥到我身上的熱水，一陣陣濃濃的倦意也襲來，逐漸，我睜不開眼來。

再來，我就睡著了。

八　盛情難辭

在那船上醒來，跨出船的時候，我像是褪了兩層皮。全身肌膚都像在呼吸。眼前的世界也好像變了樣。這跟我吃了蔘打完坐那次的經驗也點像，可又不像。那次是眼前一切都不只清楚，還泛起了什麼光一樣；這次是一切都不像真的，看到什麼都想捏一捏，看是否真的。

覓春和尋溪把我裡裡外外打點好裝扮。我飄飄然走回房間。

打量一下四周，我的劍掛在牆上。但，我飛快地去床上一摸，剛才去沐浴時我藏在被子底下的阿鼻劍，卻不見了。

「劍呢？」我朝覓春吼了一聲。

她們後退了一步。「不知道啊，剛才陪大人一起去沐浴的。」

一時語塞，剛才的飄飄然也都不見了。我只急得不知如何是好。匆生要我一路幫他拿劍，結果卻不見了！

我急著衝去了匆生的房間。

他沒像我沐浴過，但是人已經移到了床上，躺在被子裡，斜倚在墊高的枕頭上，露出半個裸著的肩膀。臉上、肩上的血汙已經擦乾淨。

除了婢女之外，床前還站著一個女人，手端湯藥。

葛文和韓飛也在那裡。韓飛雙手端劍。

「劍還我！」我要衝過去。

「我們剛和勿生大護法說好了。」葛文看我，「寶劍不能沒有劍鞘。這把劍一直光溜溜的不是道理。我們先趁他休養的時候配好，方便他日後佩戴。」

我看勿生。他朝我點點頭，「盛情難卻，那真是感謝不盡。」他說得很慢，聲音卻結實許多。

葛文朝我們拱手，眼睛又一大一小起來。「那就請寬心休養。殿下等著見你，不動大師也還有話要跟你說。」

他們都出去後，一直端著湯藥的女人側身朝我微微頷首，坐到勿生身旁餵他。

那個女人身材修長，又梳著高髻，比周圍的婢女都高出一個頭。她穿著皂色高裙，上衣銀亮，整個人讓我想到江上的月光。不過，月光裡多了些什麼，我也說不上來。

女人都愛比美，確實美也是比出來的。覓春和尋溪長得也不難看，可是和這女人一比，真是些小丫頭了。

我過去到勿生床邊。想起上次自己照顧他的情景，恍若一夢。

「把劍給他們……」我問他。

勿生讓女人又餵了口湯藥，「他們會送回來的。」

我不懂他怎麼這樣講，但想了一下也就明白。

葛文看過勿生使阿鼻劍的威力。

他們一定是藉此把阿鼻劍拿去，想捉摸出頭緒。但阿鼻劍是勿生的血喚醒的，現在又回到鈍鋒，別人拿去，不免只能像王繼雄一樣高掛帳中。

勿生看著我微微一笑，「你打扮起來還真有個模樣啊。」

我想跟他說剛洗了個特別的澡，勿生已經闔目養神了。

九　菱姬和玉妃

勿生前後休養了三個來月才見好。葛文說的沒錯，他上次傷還沒痊癒就又大戰一場重傷，實際比他以為的嚴重得多。

多些時間休養也好，只是惦念的事很多。

一是阿鼻劍到底會什麼時候還來。

我問過勿生幾回，要不要催葛文把阿鼻劍送回來。他都沉吟一會兒，「不用急。該回來就會回來吧。」

話雖這麼說，將心比心，我還是可以揣摩他不可能不急。

只是我見識過只有勿生能啟動那把劍，所以就再等等看吧。

二是到兩個月的時候，古岩沒照約定出現。這一點，勿生倒比我自在些。他說，知道古岩的身手，不覺得有什麼要擔心，反正在這裡等就好。

真正上心的，倒還是不動和尚。

勿生這次本來沒想來吳越國，是葛文講了有人知道他要啟動阿鼻劍，也講出了他的心事才來的。不動和尚顯然就是此人。

我問勿生，不動和尚對阿鼻劍知道這麼多，自己有偌大本領，會不會他有法子幫寧西王他們啟動阿鼻劍？

我跟勿生說過不動和尚塞給我的那張紙條。他也不知道「錦山」在哪裡，「三天前」指的是什麼。

只是衝著不動和尚塞那張紙條，勿生要我別胡思亂想了。「想也沒用。」他說。

可從頭一天來看過勿生之後，不動和尚就一直沒再出現。老者又來把過幾次脈，新寫了方子，不動卻再也沒來。

我跟韓飛打聽過幾次不動和尚是什麼樣的人。

韓飛說他是去年中從北方來的，自稱百濟後人。這一陣子在忙著張羅一條船，想要渡海回百濟的樣子。至於為什麼要去百濟，去做什麼，韓飛也答不上來。

聽說不動和尚是百濟人，我大吃一驚。他的人品、書法、醫術、法力，都非常人所及，竟然是百濟人！

五代那個時候，各國或是為了自保，或是胸懷一統天下之大志，莫不競相網羅奇人異士。各國稱帝稱王的固然如此，公侯貴族也莫不效法孟嘗公，廣養食客。

寧西王當然也是。而不動和尚有這麼多本領，必定是他的座上貴賓。

我更期待聽這位高人解說勿生和阿鼻劍的關係了。

這樣，我在寧西王府過了三個月好日子。除了住的、用的都大開眼界，我特別愛吃的。

勿生還沒有好之前，一天三頓，都是有人做好，覓春、尋溪幫我送進來。吳越多海鮮，三餐不免魚蝦。可神奇的是，連吃一個月，每天三餐都是不同菜色。並且每餐都是一桌，我一個人吃，就算胃口再好，也剩大半桌菜。

有一天中午我吃到清燙的海螺，深為著迷。就要求每餐必有海螺。連吃兩個月也不膩，這下子輪到覓春她們大呼驚奇。

勿生好些的時候，我也會去他房裡吃。他在床上安了小几，我陪他。大概因為還在調養，勿生的菜色沒那麼多，但光看就知道做得精細。服侍勿生湯藥的，除了婢女之外，那個女人一直都在。也仍然只是沉默地不見她說什麼話。我知道的，就是她叫菱姬。

我沒跟勿生說，自己心底還有件掛心事，就是嬋兒。

本來勿生說取了劍之後就要陪我去揚州打聽的，可是眼下他在這裡養傷，我也進退不得。阿鼻劍、不動和尚、古岩去哪了，這些心事都夠重了，嬋兒的事我就沒再跟勿生提。

結果，日子裡也有很多時間是和覓春跟尋溪在混。

開始的時候，我是想跟這兩個派來盯我們的眼線混熟些，也好打聽些事情。

覓春本家就在杭州附近，是賣進寧西王府的。尋溪則是外地人，原來賣給另一家王府，後來當送禮的和一批婢女轉送進寧西王府。尋溪的個子和嬋兒相當，有時候看她背影，還真的會在心頭猛的勾起嬋兒模樣。

我也沒花什麼心思，只是說了我在堂叔家客棧當過跑堂的，講了講小時候我娘去世的事，她們兩個就馬上和我無所不談。

熟了之後，有天晚上覓春照常進到裡間來幫我把床鋪、夜壺等都準備好就退出。我照常練了一趟拳，活動了一陣身子，轉身要上床，卻把一個燭台打翻，燒到床上的綢被，一下子火勢有些大起來。

我不得不叫起來。

覓春趕進來，七手八腳和我忙了一陣才妥當。還好只燒了一床被子，沒燒到床帳。

等她把床鋪再整好，燭光下，看她已經換了小衣，胳臂、腿都晶瑩地露著。和小青那一夜之後，我就再沒有過女人。花錢叫的女人都沒當意過之後，想起女人的時候，都是靠自己五指將軍解決。

我心裡蕩漾，手差一點要搭上她肩頭的時候，側臉一看，嬋兒站在門口。我嚇得一下子跳了起來。再細看，才知道是尋溪。她夜裡披了頭髮又罩了個長袍，活脫脫就像是嬋兒。

她們看我驚到的樣子，都好奇起來，一直問是怎麼了。我架不住她們追問，就說了嬋兒的事，怎麼遇見她，她怎麼不見了，我一路又怎麼在找她，接著還會去揚州打聽。

覓春聽得瞪大了眼睛，「世上還有這麼有情有義的人啊！」尋溪也在點頭，看我的眼神都不一樣了。「有人這麼找我的話，我死都甘心了。」

我想到其實還有小青的事沒說，心裡羞愧。

她們兩個人對望了一眼之後，尋溪一臉正經地跟我說，「那以後我們就不逗你了。殿下是希望你和勿生大護法都長住下來。」

覓春也說，「我們都覺得你這個人挺不一樣的，不像隔院那個。不知道你還有這一段。」

兩個人又跟我聊了好一會兒，猜嬋兒到底出了什麼事。

她們都說因為沒見血，不會是給猛獸吃了或叼走了，既然後來在長樂府還聽見酒女會唱嬋兒的歌，應該就是有人上山不知怎麼撞見她，把她拐賣了。

「照你說她長得那麼美，好好調教一下，不管賣到哪裡，可真會賣個好價錢。到王公貴族家也好，到……」覓春說得欲言又止。

我知道她的意思，可也不敢想下去。

最後說她們會幫我們離開這裡，也要我一定得找到嬋兒。

這樣，兩個人不只倒過來成了我的眼線，真的也就把我當家人看了。敘敘年紀，覓春比我大一些，就有時候還會叫我弟弟。

我就每天早上打坐，去看看勿生，練練拳，練練劍法，聽她們兩個講些事情。

我很好奇那個照顧勿生的菱姬是什麼人。

她們說，菱姬是北方一個節度使送給寧西王的。本來很得寵，可是前年寧西王又得了一個玉妃之後，心思變了，就冷落她了。

我說，難怪那女人有種神色我說不出是怎麼回事。是傷心吧。

尋溪說不是。從以前她還得寵的時候就這樣。

「我覺得她更像是想家。」覓春說。

搶了菱姬寵的，叫玉妃。覓春說是荊州一個什麼人送給寧西王的。

「她把自己裝得像是什麼名門貴族出身，」覓春撇撇嘴說，「我才不信。聽她說話也知道是農家出身，賣進來的。」

當時家裡沒錢嫁不出去的女人，上吊不是稀奇事，能賣進王府當婢女已經是祖上積德。

「結果她祖上積的還不只是一點德，」覓春說，「她身上還積了叫寧西王著迷的德。一下子霸占所有寵愛。」

「祖上積德，自己卻整天缺德！」尋溪不屑地撇撇嘴。「誰都不要去侍候她！躲得越遠越好！」

我問她們怎麼回事。

她們說玉妃喜歡掌人的嘴。還變出花樣地掌。

「一巴掌能把人打死！」尋溪說。

我說不信，一個女人怎麼能把人一巴掌打死。

「你不知道，她有三巴掌。一個金子做的，一個鐵做的，一個木頭做的，都有個長桿子。」覓春比劃著說，把手揮了一下。

我聽得有點發冷。真有這麼一根長長的巴掌，一呼下去，光木頭的都能把人打個半死，鐵的金的就別說了！

我又問她們寧西王怎麼會這麼由著她。

她們說玉妃身上有個東西美得叫寧西王著迷。

「是哪裡美啊？」我問。

她們叫我再猜。我說了眼睛、鼻子，都不是。

她們兩個笑得東倒西歪。最後是覓春靠到我耳邊小聲地說，「侍候她洗過澡的人說啊，她那裡的毛長得像一朵朵的花。」

十　陌刀碎城

我知道我們住的院子旁邊還另住了人，覓春說他出門為寧西王去辦事情去。所以從我們住進來後，從沒聽過任何動靜。

那天早上，打完坐後，感受到空中有什麼氣流在波動。隔著門窗，都知道院子裡有什麼不一樣。

我起身走了出去。

沒聽到有什麼動靜，只是氣流在波動的感覺更清楚了。

我才剛想到：難道這是有人在舞刀？接著就聽到刀鋒急削而過的聲音，隔院那棵高有兩丈的大樹突然連枝帶葉刷然消失。一棵大樹就這樣一下子光溜溜地禿掉。刀氣之凌厲，難以形容。

回到屋裡聽覓春她們說，隔院住的人姓鄒。

寧西王手下有些英雄豪傑，姓鄒的是他最看重的。他來自北方，流落來吳越國，到寧西王府有兩年了。

「他手上的刀叫魔刀！」覓春說。

「魔刀？」我問她們。

尋溪說不是「魔刀」，是「莫刀」。覓春說不是。但她們都說不清是什麼刀，所以叫「魔刀」正好。

我想，能一下子讓兩丈高的樹枝葉全禿，稱之為魔刀也沒有什麼不對。

我想起她們說我不像隔院的人，問是怎麼回事。

覓春撇撇嘴，「他就是要女人，少了一晚都不行。」

尋溪加上一句，「還練什麼採陰補陽，金槍不倒。去服侍他可真倒了楣，沒法說。」

那天我去看勿生，告訴他這件事。

勿生這陣子雖然精神大有起色，也少有什麼激動的表情。聽了我說的話，他啊了一聲，本來斜倚著身子，坐了起來。

「是他！」他近乎叫了一聲。

菱姬在旁看他這麼大聲，也睜大了眼睛。

好一會兒，勿生說道，「他叫鄒朗。他使的刀不是魔刀，是陌刀。」

唐朝的武功顯赫，疆域大開，軍隊驍勇善戰。而陌刀是大唐國力巔峰之時，軍武之寶。陌刀都是特別工匠鑄造，兼顧鈍重與鋒利，尤其適合隊列迎戰馬隊。唐軍使用陌刀，史書有稱「如牆而進，人馬俱碎」，那種氣勢和鋒利，可想而知。

但製造陌刀，不只要精細工藝，也十分昂貴。過去唐朝鼎盛時期，都是朝廷有特別監造的工坊，再分批按量交付各地派駐軍旅。而從安史之亂之後，國力大衰，國庫負擔不起鑄造陌刀，加上造刀的工匠死傷流散，陌刀就越來越少。而製造陌刀的技術東傳日本，使得日本刀工藝大進，但日本刀只得其鋒利，卻未得陌刀兼有鈍重的特色。

到了五代之際，陌刀已經不是精兵勁旅的必備利器，而是各國國君爭相收購的稀奇寶物，用來獎賞心腹死士。

「鄒朗手上這一把，就是李存勗給他的，聽說從唐朝貞觀年間就傳下來的。」匆生說，「他是『陌刀三碎』的老大。」

「陌刀三碎是指什麼？」我聽得全身發熱。

後唐莊宗李存勗以英武著名。當年他為了自己身邊三名鐵衛配了陌刀，使得出神入化，號稱「陌刀三碎」。

陌刀三碎，是指老大鄒朗「碎城如粉」，老二蔣龍「碎人如絲」，老三簡東豐「碎馬如塊」。

李存勗對他們寵信有加。後來亂起，李存勗死於流矢，「陌刀三碎」有兩人不知去向，只剩鄒朗四處流浪。

鄒朗的刀氣可以「碎城如粉」，那把兩丈高的大樹枝葉全去有什麼稀奇。

「你認識他？」我問勿生。

勿生點了點頭。

他是在九年前去閩國幫王延稟助陣時認識的。當時他和古岩都在王繼雄帳下，鄒朗則是跟在王延稟身邊。

「沒想到他來了吳越國，在這裡！」勿生說。

「那好啊！」我覺得挺開心的，「正好可以相認！」

「只怕，」勿生冷笑了一聲。「只怕他可不願意。」

「怎麼了？」我問。

「他人高馬大，可是心眼很小。」勿生說，「有次王延稟行軍，王繼雄派我先馳抵達。他從此見我跟仇人似的。」

在吃得好、穿得好，又有覓春、尋溪她們侍候著的日子裡，想到隔鄰就住了一位把刀使到如此地步，見了勿生跟見了仇人一樣的人，我猛然有種清醒了的感覺。

他的刀氣，不只是凌厲。

濃濃的殺機。

我問覓春她們，怎麼才能見到這位錢鏐。

「再過半個月，看金山的日子就到了！」尋溪鼓著掌說，「到時候一定能見著他！」

「金山？」我問她們。

「不是！不是！」她們又七嘴八舌地說了一頓，我才明白是「錦山」。

聽到這裡，我腦中轟然一響。

吳越國的開國之君錢鏐，小的時候家裡很窮。出來見了世面，飛黃騰達之後，他返鄉與父老同樂，就把他小時候住家、走動之地全都用錦緞鋪上去，最後，乾脆用錦緞把整座山都包了起來。

後來這就形成一個慶典。皇帝有大壽要慶，就會來上一場。

這年正是吳越國皇帝要大赦之年，所以早就安排要辦錦山之樂。

錦山，就是整座山都鋪上錦綢。

「再過半個月，就是錦山之樂？」我問她們。

覓春、尋溪興高采烈地回答，說對。

「錦山　三天前　三更」這句話不用再跟她們打聽了。

那天勿生聽了我的話，也同意。「沒錯，不動和尚是要在錦山之樂的前三天夜裡，要來找我們。」他說。

終於知道他這段日子都沒有動靜是什麼意思了。一定是有話不能讓葛文、韓飛他們知道。

「今天晚上開始，你就搬來我屋裡住。說是要幫我運氣、調氣吧。」勿生說。

我和覓春、尋溪說了之後，韓飛也來了。他說是來幫忙安排，看來也是要探聽情況。我說勿生的內外傷都好差不多了，現在輪到我用內功幫他運氣、養氣。因為我體內有冰熱兩種不同氣的融合，所以最好從子時有一輪，再到午時有一輪。

再一會兒，葛文來。聽大家說過情況後，他看看勿生，看看我，那隻比較大的眼睛轉了轉。「沒錯，勿生大護法有你能幫這個忙，真是再好不過。」他說，「來人，多搬張榻床來。」

「葛大人，那位不動大師還沒有要找我談嗎？」勿生趁機問他。

「他最近忙，還沒聽說。」葛文回道。看他的神情，不像有掩飾。這讓我更相信不動是有話要說，可不想他人聽見了。

「聽說他是百濟人？」勿生又問。

「是老百濟人。」葛文回道。

那天，我們總算從葛文嘴裡對不動和尚多了些了解。

原來，唐朝初年和新羅聯手滅了百濟之後，擄了王公貴族和百姓一萬多人到洛陽。快三百年來，很多人都不忘本，始終堅持自己是百濟人。不動和尚，就是他們的後人。

他自幼聰穎，與佛法有緣，因而出家。出家後又禪密兼修，釋道儒三家俱通。今年五十來歲，之前都在北方活動，兩年前才來到吳越國。

四十來年前，新羅王國又分裂出後百濟和後高句麗。後來部將王建改高句麗為高麗成開國之君，到四年前，又把新羅和後百濟也滅了。

「後百濟又滅了，他怎麼還想回去呢？」勿生問。

「這我就不知道了。也不好問。」葛文說道。說著，他就回去了。

十一 夜半解惑

不動和尚準準地，在錦山之樂的前三天夜裡，三更時分來到了勿生屋裡。我們都從子時就起來打坐。開始的時候，還覺得外頭總是有人在偷聽什麼，連打了十多天之後，就沒有人了。

我和勿生也真的是靜心練功。先是各自調息運氣，然後我會運氣幫他調理，最後再各自調息。一輪下來，天快亮了，我們歇息一下，到午時再來一輪。

那天三更我們坐得正靜的時候，任何腳步聲都沒聽到，卻覺察到屋裡多了個人。睜眼一看，燭影不動，不動和尚立在門口。

他搖搖頭示意不要出聲，悄無聲息地跨步過來。

他伸手朝我們四周指了幾下，嘴脣微動，接著一合掌，突然四周一片黑暗，我們三個人則站上了一片雪地。只不過我們雖然都只是身著單衣，在雪地上絲毫不覺寒意。

「現在外面看不見我們，也聽不見了。」不動和尚說。

雖然看過不動和尚降伏海妖，知道他是難以形容的高人，突然親身有此經歷，我心底還是一震。「不動大師，這是怎麼回事？」我問道。

不動和尚微微一笑。「借境移位。方便說話。」

「感謝不動和尚。」勿生合掌為禮，單刀直入地問了。「不知大師招我前來吳越國，又安排今晚之會，是有什麼指點？」

「勿生大護法重新啟動阿鼻劍，是一大事，有大因緣。」不動和尚說，「也因為劍雖啟動，但非施主所能自在使用，也有大憾。所以想為勿生大護法略盡棉薄之力。」

「甚為期盼。」勿生說。

「施主可知阿鼻劍來歷？」不動問。

「我聽一個老和尚說過。」勿生回道，「這把劍是一個跟黃巢一起打天下的人所有。他離開黃巢之後，不知怎麼原來其利無比的劍成了一把鈍劍。我在王繼雄帳下看見它的時候，就是那樣子。其他就不知道了。」

不動點了點頭，「這得從頭說起。百年前會昌滅佛，佛像盡毀。當時有些和尚不捨，就偷熔了金銀銅鐵錫五金佛像來造一把劍，」他停了一下說，「是你們的摩訶劍。劍後來進了少林寺，又後來傳給你師祖，成就了摩訶劍莊。」

勿生大感驚訝的樣子。「我只知道摩訶劍出少林。沒想到有此來歷。」

我在智覺寺看過巨鎚的鐵鍊在方禮的摩訶劍下一揮而斷，見識過那把劍的犀利。

「其中，有個和尚想另造一把劍。」不動說。「他知道唐朝氣數已盡，天下即將大亂，所以想造一把和幽冥之王，地藏菩薩悲心相應的劍。在亂世裡，地獄不空，誓不成佛。」

在智覺寺圓慧就說過阿鼻劍出自佛門，和地藏菩薩有難解之緣，這時我聽得心都跳起來了。

勿生也在屏息靜聽。

「師兄弟反對，都要趕快離開造劍的地方，只有他留下來。」不動和尚繼續說。「結果，那個和尚花了十年也沒造出他滿意的劍。後來不得不離開，他就四處流浪，又花了三十年時間造這把劍，還是沒成。

有一次，和尚遇上了起兵後潰敗逃走的黃巢，在亂世中看到他心有大志，就出手救了黃巢。和尚也在那一次殺了人之後，才發現劍鑄成了。唐朝有武僧助李世民開國之佳話，和尚也就想幫黃巢成就大事。

「黃巢後來所向披靡，有段時間軍紀嚴明，所過之處，秋毫無犯，那個和尚功不可沒。」不動說，「大家都叫他武和尚。」

但是後來黃巢狂心日熾，等第二次進長安更是肆意屠殺，以血洗城。和尚大憾，決定離開黃巢。黃巢為他餞行之時，設下圈套，要搶阿鼻劍。和尚重傷而去，留下了劍。

「只是，」不動輕笑了一下，「留下的阿鼻劍卻成了一把沒有鋒的鈍劍。黃巢大怒，就給了屬下，此後流落各處。直到八年前遇見你。」

聽了阿鼻劍的來歷，我只覺目眩神迷。想到前些日子一路背著這把劍，我覺得自己的背都火燙起來。

「所以，除了那個造劍的和尚，我是它第一個主人？」勿生問的聲音裡帶著濃濃的疑惑。

「沒錯。阿鼻劍認主人。」不動回道，「黃巢、黃巢的手下，一直到王繼雄，都只是頂多能擁有這把劍，卻用不了這把劍。八年前，阿鼻劍終於認了施主就是主人。所以施主以阿鼻劍殺出重圍，施主歡喜，阿鼻劍也歡喜。」

勿生緩緩問道，「歡喜？」

不動點了點頭。「施主一路斬將過關，絕處逢生，是歡喜。阿鼻劍得遇明主，終於重見鋒利，一路變音，也是歡喜。」

我想起勿生說那天夜裡怎麼一劍劈開敵人的腦袋、盔甲，阿鼻劍如何從一把鈍劍，發出木頭空心的聲音，逐漸變化出實心、精鋼，到難以形容的聲音。我也在智覺寺山上親眼見過、親耳聽過那個歷程。

「所以，阿鼻劍好不容易等到了你，你卻又把它埋進地裡，是真傷了它的心。」不動望著勿生。

「啊？」這次勿生掩飾不住他的驚訝了。

「這次如果不是你甘願送命，用自己的血再餵飽它，阿鼻劍是不會醒過來的。」不動說道。他光潔、俊朗、聰慧，看不出年紀的臉上，浮現一抹迷離的神色。「這把劍本來就有你控制不了的魔性。加上你又把它拋棄過，所以它就算醒了也不聽你的使喚。」

勿生臉上的驚訝更甚，「那我何德何能，阿鼻劍為什麼偏偏要認我當主人呢？」

地上的雪光暗淡下來，四周隱約可以看見勿生屋裡的景象。不動和尚伸手凌空點了幾下，我們又重回四周黑暗的雪地上。

「這種事有一定的天機，難說。」不動回道，「勿生大護法平生可有什麼願望？」

勿生嘆了口氣。「生逢亂世，有什麼願望可說。」他頓了頓，又接道，「在摩訶門下的時候，我能做的也就是去暴安良，除惡務盡。離開之後……」

不動和我都看著勿生。他緊皺著眉頭，隔了一會兒才接道，「離開之後，我想去重啟阿鼻劍，要的就是好好拿這把劍大殺四方，砍盡天下惡人的腦袋。」他又停了一下，「我記得頭一次用阿鼻劍的那一夜。越殺越開懷，殺到後來覺得自己像鳥一樣可以飛起來。可也就在那一夜，我又體會到阿鼻劍的魔性。」

不動呵呵輕笑起來，「施主這是作繭自縛了。既要用阿鼻劍砍盡天下惡人的腦袋，又怕阿鼻劍的魔性。也難怪阿鼻劍還不為施主所用。」

勿生拍了一下自己腦袋，「啊！跟我說那些事的老和尚，會不會就是造劍的那個人？」

「說不準。」不動淡淡地說，「是的話，有一百五、六十歲了。」

勿生又急切地說道，「可是他跟我說過一個用劍的咒語，是不是能用那個咒語叫劍醒過來？」

不動要勿生說給他聽聽。

聽勿生說了之後，不動搖搖頭，「不是。你能用劍的時候，這可以如虎添翼，加大劍的力量。可是在劍還不為你所用的時候，這個咒語派不上用場。」

「那，」勿生抱拳問道，「請問不動大師可以教我？」

「阿彌陀佛。」不動合掌說道。「只有當施主參透佛性與魔性俱空之日，才是阿鼻劍隨心可用之日。在施主參透之前，只能阿鼻劍用施主，而施主難用阿鼻劍了。」

「啊。我資質愚鈍，怕沒有參透的一天。」勿生嘆了口氣。「在那之前，我要用它的時候就再拿自己的血餵它呢？」

不動搖了搖頭。「施主有多少血可以餵？再說，因緣變化無常，上次施主正好可以那樣把劍叫醒，下次因緣不同，同樣的法子不見得好使。」

勿生神色黯然，無話可說的樣子。

「施主如果真想說用就用這把劍，是有個法子。」不動緩緩說道，「但是，只怕代價太大。」

勿生揚起了眉毛，問道，「怎麼說？」

不動回望著勿生。「貧僧知道一個咒語，可以讓施主要用的時候就啟動阿鼻劍。但是只能使用三次。使用第三次的七日之內，施主的陽壽即盡。」

我聽得心底震動不已。不動和尚精通各種咒術，能教這麼一個咒語固然便利，但是只能使用三次就沒命，代價也未免太大。

勿生終於朗聲一笑。「這也是我自找的。三次就三次。大師可以教我嗎？」

不動慢慢點了點頭。「可以。但這需要找個時辰特別修法，然後才能教你。」

勿生再問他，「那我該怎麼才能取回阿鼻劍？」

不動回道，「比起怎麼使阿鼻劍，這倒不難。鄒朗身上應該有法子。我來想想。」

我不知道他說的是什麼意思，趕快先和勿生一起道謝。

勿生這陣子臉上的陰霾一掃而盡。「感謝大師。」接著，他又問道。「大師如此竭誠以告，在下該如何致謝？」

不動微笑。他光潔的臉上混合著難分男女的俊美。

「阿彌陀佛。」不動合掌一禮。「感謝施主。貧僧確實有一事相托。錦山之樂後，我會找一天晚上再來，屆時再說分曉。」

然後，他轉頭望向我，頭一次只對著我說話，「也送個東西和這位小施主結緣。」他伸手從袍裡拿出一個小小的囊袋。「施主有一天會遇上火劫。屆時可以打開。」

我才剛接過，還沒來得及答謝，雪地消失，燭影搖曳，我們又回到了屋裡。不動已經不知所去。

十二 錦山筵

三天後，春風裡略帶涼意，勿生的精神大好，我們一起跟著寧西王府的車隊一起出發。

葛文的馬車在很前面，韓飛騎著馬在來回巡視，四周護衛的兵甲重重。

車隊還沒到地頭，前面此起彼落地響起歡呼之聲。

我從車裡略微探身，果然是奇景。

遠處一座難以形容，閃閃熠熠的東西，端的是光彩奪目。如果不是事先知道這是用錦鍛包起來的山，不知我會不會以為是碰上了什麼妖山。錦鍛包住整座山，太陽照在錦鍛上，錦鍛輕飄在春風中，看起來像一座五光十色的山在空中微微起舞。

那個時候，帛匹綢鍛還當貨幣用，一個縣令一年薪俸也不過兩百匹帛，錢鏐為了炫耀財富，用錦鍛把一座山給包覆起來，那不得要幾萬匹，幾十萬匹？

我瞠目結舌。

因為錦山是吳越國皇帝的慶典，所以各王公貴族都到。山下各方旗幟飄揚。寧西王是皇帝跟前的大紅人，其他人只能帶一隊人，寧西王卻特別恩准可帶兩隊。我們的車子就在最後面。

皇帝的賞錦筵席設在山下，只有寧西王、葛文和不動和尚過去。其他人都下車在各自車隊內的春筵席上小酌。

韓飛過來，問我們要不要下車看看。
勿生說不用，在車上看就好。我說那我去。
於是下車，跟韓飛一起走近些好好欣賞錦山。
包住山的錦緞是一片片縫起來的。每一片的色彩不一、明暗有別，這在陽光下就熠熠生輝，在風中就光彩流動。
如此光景奇妙，山下的人群也另有看頭。
皇帝的龍輦，最是燦爛奪目。其他王公貴族的轎乘也莫不競比華麗。各自鋪開來的春筵席上，衣影又是五顏六色。雖然隔得遠，看不清楚，但是席上歡笑聲此起彼落。
這樣，我也很容易就看出了那雪白的僧袍。
在繽紛的光色中，不動的人影越發顯得光潔。他端坐不動，旁邊圍了不少人，看來是在請益。
我想到他前幾天的指點，一方面因為有這樣的高人在暗助而覺得慶幸，又因為他修法讓勿生使用阿鼻劍，三次就要耗盡陽壽，心情感到沉重。

回來的時候，看到我們前面有一輛馬車的車窗開著。裡頭坐著一個人好像把整車都塞滿了。看不清他長相，也不用說，我就想到了是鄒朗。

我看鄒朗也沒下車，就問韓飛。

「他說之前來我們這裡的時候看過。」韓飛回答，然後加了一句，「來了又不看，不知道在踐什麼。」

我聽他說話語氣很冷，回頭看他，陽光照在他腰間的雙斧上很晃眼。

晚上回去的時候，寧西王府門口不少人。

一邊排了一長溜人。男男女女，都是些當爹媽的樣，手裡也都牽著孩子，年紀大點小點的都有。大都還算白淨，其中有個嘴角還帶一點紅痣，特別秀氣。

看這些爹媽，大多臉上喜孜孜的，另有些人沉著臉，也沒見多難過。

另外一邊，則跪了些人，也是男男女女，在哭嚎不已。只是沒一會兒都叫攆走了。

我問覓春她們怎麼回事。

她們說，排一長溜的人，都是來賣孩子的。

那年頭，賣孩子的多，可以前看到的都是窮苦人家哭哭啼啼的多，沒看過這天這麼多人看來還喜孜孜的。

「那不一樣啊，能賣進寧西王府，那是多少人燒高香也求不到的啊！」尋溪說。「還有拐賣的啊，說是爹娘的，拐子可多了。」

覓春在旁點頭，撇撇嘴接道，「不是早告訴你了嗎？玉妃也是賣進來的，你看人家命多好。」

那另一邊哭嚎的人呢？我問。

這下子她們說話的聲音壓低了。

原來，別看吳越國鋪張起錦山如此揮霍，花錢如流水，可是給老百姓的稅捐名目瑣細得無所不包。

「有多麼細呢？」

聽了之後，真是令人驚奇。

不要說行商、開店都得納各種名目的稅，連街上清掃的人、挑糞便的人也得繳稅。

「你繳不了，最後就得拿孩子頂。」覓春幽幽地說。「那些哭嚎的人，一定是知道自己的孩子給送來這裡了。」

我聽不下去，那晚就去找勿生，跟他說真不喜歡這個地方，想越快走越好。

「所以我一開始就不想來這裡。」勿生回了我一句。「錢家愛錢，天下皆知。只是我們困在這裡，阿鼻劍又沒回來，走也走不了。」

接著，勿生輕笑了一聲。「還好，我們有了不動和尚。他能教我使阿鼻劍的咒語，一定也能幫我拿回阿鼻劍！」

錦山之樂後，過了兩天，寧西王在府裡設了筵席。

但在赴筵那天早上，出了件事。

尋溪哭哭啼啼地進來。說覓春走了，跟著菱姬走了。

菱姬本來就是北方人，一直想家，正好寧西王要拉攏晉國一個什麼王公大臣，就當成禮物送去，覓春當陪侍一起過去。

尋溪擦著淚水說，「都是你們那個匆生大護法啦。」

我問她怎麼說。

「殿下派菱姬來，就是看重他，希望他收了菱姬，就會在這裡長住。」尋溪幽幽地說，「可他始終碰都不碰菱姬一下，所以就要換人來試試看啊。」

那天當真匆生和我屋裡，都新添了人。侍候匆生的，我看是遠不及菱姬，替換覓春的，也差覓春多了。

屋子裡一下子顯得空空洞洞起來。

開始，我為覓春覺得難過。菱姬是北方人，回去固然還好，覓春是杭州人，這下子去了天寒地凍的北方，不知要怎麼過。可後來想想，這總比那些在街上排隊要賣還賣不出去的人好。再怎麼說，她還是去了王公家裡，菱姬人又好，不會受苦的。

希望有一天能再見到她們啊。我心裡想。

只不過，當時如果知道後來和她們重逢是什麼光景，我怎麼也不會那麼想的吧。

十三
盡歡閣裡不告之別

寧西王宴請我們的地方，叫「盡歡閣」。

天色暗，可是從林木間隙的遠處看盡歡閣，閃動著耀眼的光。走到近處，更是晃眼。

高閣外，有兩排火炬，映著閃動金光的屋簷。

長廊廊柱上雕著飛鳥祥雲，直似要騰空而起。大門前方兩側，更立了兩座鳥，背後立著一大片東西。後來我才知道那叫銅雀開屏。

進了閣內，四處皆有燭光。也立即看到一面白牆，可是說白又不是白的樣子，說不出是什麼。再走近些，又看到本來以為是畫在上面的山水，原來是雕上去的。這時帶路的人才小聲告訴我那一大整面牆是白銀砌的。

還沒走進大堂的長廊上，一路有著小童手持燭火引路。我先好奇這些小童怎麼如此乖巧，個個站得如此紋風不動，又不知道怎麼個個都身形一般高，半點不差。後來才知道，這些小童都是木工精細雕琢出來，穿戴披掛，裝扮得和人一樣，名為「引照童子」。

筵席設在大堂中央。上席寧西王坐的榻床，寬有九尺。鋪著綠面銀邊的輕毛氈，銀邊上又垂下金鬚。榻床左右兩邊各立了一顆豹頭。豹眼在閃動發亮，後來到近處看，才知道鑲著藍寶。

在閩國，我在水晶宮隔著遠遠地看過他們的新皇帝，在這裡，我卻近距離和寧西王同筵。雖然他不是皇帝，但是「王」的氣派已經夠看的了。

寧西王錢傳瑊，年紀約莫五十。微胖，白淨，留著三絡綹鬚，說起話來不時穿插些笑聲。我想像中，一直急著把我們唐國滅掉，雄才大略的人，應該是魁梧又少言笑。和我想的很不一樣。

他的榻床兩旁，各有樂伎。吹、彈、敲、打的樂器，無所不有。樂音悠揚歡樂。

偎著他坐的，就是覓春她們說的玉妃了。

她身材小巧玲瓏。穿了一身紫紅束胸裙，裙襬大得鋪了寧西王半個榻床。披著件鵝黃紗巾，露著半個雪白的胸脯。她從沒怎麼正眼看過其他人，一直不是深情款款地看著寧西王，就是慵懶地靠在寧西王懷裡打量自己手上的蔻丹。

寧西王對她，果然是集三千寵愛於一身。不是牽著她的手，就是把她的手放在腿上摩娑。

韓飛則一直站在寧西王身邊不遠處，一動不動，有如雕像。

今晚下首的東西兩席，各設了幾排榻床，寬有六尺，上鋪赤面銀邊的輕毛氈，也少了金鬚。這時都坐滿了人，榻床上，也都各有一名美女陪伴。

東邊最前排的三席，以葛文為首。他身旁坐的不是美女，卻是一個秀氣的男孩。看他嘴角有一點紅痣，想起在王府門前看過。這時換了一身芙蓉色新衣，脣紅齒白。他坐在那裡，沒有東張西望，葛文叫他才抬頭看看。葛文輕握著他的手，眼睛笑得大小不一。

葛文下首，顯然就是鄒朗。

鄒朗果然身材高壯，坐在那裡像座塔似的。不過和我想的不一樣的是，他面白，沒有鬍子，左鬢卻垂著一條長鬚。有點瞇瞇眼又從不正眼看人，真是眼高於頂了。

鄒朗身邊坐的女人，連他肩都不及。坐在一旁，有些畏縮。我想起覓春她們講，鄒朗晚上沒女人不行，侍候他都苦不堪言的事。

鄒朗再下首，是個文人裝扮。留著兩條長鬚，摟著身邊女人的腰，有點搖頭晃腦。

西邊最前排的三席，首席是空的。說是留給不動和尚的。他等一下才到。

不動的下首，是匆生。坐匆生身旁的，是替代菱姬來侍候他的女人。女人這晚也是盛裝，可是風韻和菱姬一比實在差多了。說實在，我打量寧西王這一盛筵上的女人，沒有一個比得上菱姬，就不知道寧西王是怎麼想的，偏偏鍾愛玉妃。當真因為玉妃那裡的毛長得像花一樣？

匆生下首就是我。

陪我的，年紀比覓春和尋溪都大些。她大概看我還是個毛頭孩子，咕噥了一句我沒怎麼聽清楚的話，就沒怎麼理我，只是斟酒添菜而已。

不管怎麼說，寧西王才頭一次見我們，就這麼安排席位，那是很看重我們了。這該是葛文跟他特別說的。

我望向葛文。他也正看著我，眼大眼小地點了點頭。

那天晚上的菜餚，豐富不可言語。我只說最難忘的一道。

那道菜紅燒燉煮得很爛，形狀我開始還以為是魚頭，可吃起來不像海味，卻又不牛不豬不羊不驢。後來問上菜的，才知道是豺脣。凶惡的豺狼，脣卻這麼好吃，從沒想過。

鼓樂歌聲中，突然有碗盤落地之聲，接著聽到一聲尖叫。一時樂歌都倏然而止。

是兩個侍女端菜，有人不小心在玉妃榻床前摔了一跤，連帶兩人手上的湯水都翻落，噴濺到玉妃裙上。

尖叫聲是玉妃發出的。

這下子鬧騰了好一陣子，玉妃進去更衣才安靜些，又有人從外面疾步走進來，來到葛文席前，俯耳說了什麼，也交給他一樣東西。

葛文低頭一看，臉色驀地沉了下來。沉歸沉，兩隻眼睛倒也恢復正常，不再一大一小。他起身朝寧西王過去。

玉妃不在身邊，寧西王臉色不像剛才那麼好，接過葛文遞去的紙，聽他低聲說了幾句。

寧西王哈了一聲，「船還在嗎？是回百濟了嗎？」

葛文點了點頭，「船還在。」

寧西王斜睨著葛文說道，「那他是去哪裡了？」

大堂裡一片寂靜。寧西王的聲音顯得很嘹亮。

葛文搖了搖頭，說不知道。

「會不會又回去雲王那裡？」寧西王的口氣有點冷。

「不至於。可也說不定。」葛文回道。

寧西王冷哼一聲。「雲王有什麼好的！這兩年虧我待他以上賓。說走就走。傳令下去，所有關卡看到他就得立即通報。違者斬！」

來找葛文的那人馬上退了出去。

「都說雲王厲害，我覺得唐國的鎮國公才是個角色！」寧西王抬頭看看席上所有的人。「會點咒術就了不起啦？快！快！別掃了興致。」他又朝樂伎揮揮手。鼓樂聲又起。

事情不妙。看勿生，他的眉頭也皺起來。

不動和尚竟然不告而別！

這怎麼可能！

他說的要安排我們取劍，要教勿生使劍的密咒，這下子都沒有了！

有急事？什麼急事能叫他這麼倉促離開？

我不相信不動和尚會就這樣不見，想到上次他是三更半夜，說來就來，今晚也說不定就會又出現！

剛才吃著還覺得美味無比的一道道菜，突然都不知滋味了。

又過了一會兒，玉妃回來了。

十四 討劍

玉妃換了身和鵝黃色披紗同色的長裙，只是裙襬沒那麼大。

寧西王一招手，她就倒入他懷裡，淚眼汪汪。

寧西王柔聲安慰。

剛才玉妃進去更衣時，絲竹樂又響起。只是到玉妃再出來之前，寧西王好似魂不守舍，看到她回來，才眉目舒展。

而剛才打翻碗盤的兩個侍女，一直長跪在原地，其中有一個人看得出來在微微發抖。

「好好好，掌掌嘴。」寧西王揚聲說道，「來人啊，侍候掌嘴！」

底下有人應了一聲。

這時絲竹聲都暫停了。

我看葛文。他微笑一下。

有人拿上了一個托盤。盤子裡裝了三樣東西。

我想起覓春她們告訴我的三巴掌。

「來，你說，這個要拿什麼掌？」寧西王問玉妃，輕撫著她肩頭。

玉妃指了一指。托盤的人挑了一枝給她。

那是一根拍子。木頭刻的，前端是個手掌，底下是長柄，連著把手。玉妃接過，握住拍子，拍子比她小臂還長。

「還不趕快把臉送上！」托盤的人喝了一聲。

這時一直在發抖的侍女突然不抖了。我突然看到她簡直好像在笑了一下。

也就在這時，玉妃的木拍揮出，「啪」的一聲打上她的左臉，侍女叫了一聲翻倒在地。

第二個侍女也往前蹭了兩步距離。

玉妃朝托盤的人搖了搖頭。

托盤的人趕快上前。玉妃把木拍放下，撿起一隻金光澄澄的拍子。和木拍的長度、形狀完全一樣，只是黃金做的。

這下原來還很平靜的那個侍女顫抖起來。很怪異地，她也好像笑了一下，只是看得我一身雞皮疙瘩。

玉妃拿起了金拍。

她拿在手裡來回端量了一會兒。握好手把，先在空中揮了兩下，有颯颯的風聲。接著她揚手向後，再呼的一聲揮向侍女臉上。

啪！

不知是牙，還是臉頰骨都一起粉碎的聲音。

侍女身體飛離原地一兩尺倒地，癱若死屍。頭旁滲出一灘血。

「我多寶貴的裙子啊！」終於，玉妃開口說了一句話，然後她對著寧西王捂嘴一笑，偎進懷裡。

我心底好像打翻很多東西。有驚，也有怒。

雖然已經聽覓春她們說過三巴掌的事，親眼目睹還是不一樣。光為了一條裙子，能把人打成這個樣子！

我看勿生，他也僵著臉，皺著眉頭。

這時葛文揚聲說道，「殿下，鄒朗俠士這次出門豐收，護送了臨海三州鹽稅回來。」

寧西王摟著玉妃，歡聲回道，「早說那條路不平靜，上次就該請鄒朗俠士去。韓飛，你說是不是啊？」

站在一旁的韓飛沉著臉沒出聲。

玉妃在寧西王懷裡說話了，「上次韓飛是又得護人又得護錢，結果人都回來了，也不能說他無功啊。」

寧西王擰了一下她的臉頰，「你就是會幫你這個同鄉的說話啊。」

葛文敬了鄒朗一杯酒，「這次路上也不是沒人鬧事，聽說鄒朗大俠陌刀出手，一刀斬了七人。」

一刀七人！

我心頭一沉，但回想那天看到一棵樹瞬間枝葉全禿，也不是不可能。

「好身手！好身手！」寧西王在吆喝，「快敬鄒朗俠士酒！」

鄒朗喝了一杯，頭一次聽他開口，「七個人這算什麼！你們沒看過當年陌刀怎麼三碎！」他說話的聲量很大。「殿下也別把那和尚的事上心。法術故弄玄虛得多，真刀實槍還是不一樣！」

「鄒朗兄台，久違了！」說話的人是勿生。各方都朝他這邊望來。

鄒朗看著勿生，眼睛一下子瞇了起來。

「怎麼又在懷念起當年在李存勗身邊的日子啊。李存勗死了，『陌刀三碎』也只剩兄台一人，現在再說這些，豈不是好漢又提當年勇？」勿生說。他把盞裡的酒一飲而盡。

旁邊的女人又給他倒上一杯。

「誰說只剩我一人！我總會找到失散的兄弟！」鄒朗冷哼了一聲，「再說，剩這一刀也能碎城碎馬，要碎你人更易如反掌。」

「說的總是比做的容易些。」勿生帶著微笑說。

鄒朗深深看著勿生。

葛文來回望著兩人。

寧西王饒有興趣的樣子。

「兄台莫非想試試，看我怎麼做的比說的還容易？」鄒朗慢慢回了一句。

「正有此意。」勿生簡短一句。

聽勿生這一說，我大感意外。勿生是話少的人，更難看到他講這麼挑釁的話。此刻雖然說身體復原，但是他明明之前和鄒朗就有梁子，阿鼻劍又不在手上，不知他怎麼會來上這麼一段。

「聽說你得了一把阿鼻劍？」鄒朗說，「是阿鼻劍讓你有膽子這麼說話？」

勿生哈哈一笑，「也是也不是。那得拿到阿鼻劍才知道。」他停了一下，直接對寧西王的方向說道，「多謝殿下美意，幫在下配阿鼻劍鞘。刻下已經三個月了，不知是否配好，方便還給在下，好會一會陌刀？」

寧西王沒料到勿生這麼說的樣子，愣了一下，打起哈哈，「有三個月了？還你還你！」他又望向葛文。

葛文起身接道，「勿生大護法，殿下說阿鼻劍配英雄，寶劍不能無鞘，所以找了專人打造劍鞘，費時良久，正好這兩天快要好了。」他看看寧西王，又說，「再過幾天，是打毬的日子，那時奉還如何？」

「那真是多謝。」勿生拱手為禮。

葛文又看看鄒朗，「鄒朗俠士是否同意勿生大護法此議？」

「樂意之至！」鄒朗聲若洪鐘地回了一句。

寧西王聽得哈哈笑了起來。

「阿鼻劍對陌刀，真是有意思啊！」他說。

那天夜裡，我還是藉打坐之名留在勿生屋裡。

過了三更，不動也沒有出現。他真的是不告而別了。

我們兩個揣摩了許多可能，都想不出是怎麼回事。

我問過勿生雲王是誰。他說就是晉國的一個王，像吳越國的寧西王一樣的人物。沒有多說。

不論不動是否去投奔了雲王，他一定是出了什麼急事要離開寧西王府。可是以他的能耐，多少總該傳個訊給我們。不然，他花了那麼大心思把我們招來吳越國，還做了那些安排，所為何來？

忙了這些，他顯然也有求於勿生。可這一走，豈不是也就什麼都扔下了？

還有，他送給我一個錦囊，又是怎麼回事？是他已經知道再見不到我們，所以要在上次就交給我？

想來想去都沒什麼準之後，我們就不想了。

我問勿生，晚上怎麼會想到激鄒朗這一招。

「其實，也是不動和尚指點的。」勿生說。

原來，勿生突然想到，那天晚上不動和尚說到鄒朗身上應該有法子，他來安排看看。而如今不動和尚不見了，那怎麼辦？

「我想著想著，雖然不知道不動和尚會怎麼安排，卻想到一個法子。」勿生說。

他得意地微笑起來。「激將法！」勿生很少笑，一笑起來人就沒有那麼冷，很好看。「那個鄒朗是禁不起激的。果然我沒提，他自己就先提起阿鼻劍。」勿生說，「這就讓我正好對寧西王有話可說，跟他討劍。」

「你不怕他撒賴？」我問。

勿生輕哂一聲，「像他這種色厲內荏之徒，最好的就是面子。當眾戳破了問他，他拉不下臉不認的。」他停了一下，「何況葛文又同意他這麼做。」

「葛文為什麼會同意呢？」我問他。

「葛文一定試過阿鼻劍，不知道這把劍怎麼是這個德性。說不定也請過不動和尚幫他們解。」勿生說，「現在都三個月了也沒法子，不動和尚又已經不見，他也沒招了。加上寧西王也說了要還我，」他笑了一下，「就不妨看看阿鼻劍碰上陌刀會如何，誰才是寧西王真正的第一俠客吧。」

阿鼻劍能回來，當然好。「可是萬一你拿到劍了還是使不動呢？」我問。

勿生的臉色陰沉下來。

他沉吟半晌，「就再拿這條命把它叫起來。」

但我想起不動和尚所說的，可一不可二。下次勿生想叫鄒朗砍上一刀來叫醒他的劍的話，那還真跟挨血惡一棍大不相同。

不可知的路。只是都走到這裡了，還是得走下去。

十五
馬毬飛

我記得那天風的模樣。

那是四月天。雖然還有春寒，杭州城裡的楊柳已經在風中飄逸。舒展的楊柳，或高或低，或斜或立，間或鋪成一片青綠，間或露出空隙。風有寒意，太陽晒在身上卻又有著暖意，像有兩隻不同的手在身上輕撫。

但風不只吹展了楊柳，也揚起了旗幟。馬毬場的旗幟。

寧西王的座騎在西南角。玉妃怕晒到，坐在他右手邊的轎子裡。一干侍女侍候著。

葛文在寧西王的左手邊。身旁也有一頂轎子。

圍繞著寧西王和玉妃的，有幾十名全身紅盔紅甲，盔上插著紅色長羽毛的牙軍。這是寧西王仿效我們唐國黑雲都來的赤雲都。當年吳王楊行密的鐵衛個個黑盔黑甲，疾行時有若黑雲撲地而來，名為黑雲都，又名黑雲長劍都，聲震遐邇。後來各國都有人模仿，寧西王這是想別立特色，建了支赤雲都。

勿生和我在赤雲都之外，葛文的左方。

韓飛則依然策馬來回巡視。今天他馬鞍邊掛了一個玄色包袱。

東西兩邊各有一座毬門，一邊漆紅，一邊漆綠。毬門柱高一丈，柱上雕著雲朵，雲朵一路上沿，到毬門橫樑結成祥雲，雲上出日。

兩邊毬門後，各有三面大鼓，還有鉦、琴、琵琶等樂手。

毬門邊，各有兩名著不同顏色衣衫的裁判官。

兩邊隊伍各有十人，身穿和毬門同色圓領袖袍，衣襟袖口紮緊，腳上黑皮靴，頭上的襆頭也都是朝後的雙翼高，並且別了一朵鮮花，個個顯得精神。

兩隊也選了大小個頭都相當的十匹馬，馬尾和鬃毛都紮得很結實。

雖然馬都挺高的，但是綠隊這邊一人個子特別高大，坐在馬上連馬都顯得有點小。是鄒朗。他脣角帶著微笑，偶爾看看我們這邊，嘴角上揚得更大一些。

寧西王揚起了嗓門，說了句什麼，接著毬賽就開始了。

蹴毬我看過不少，打毬是頭一次。

小小一顆毬，紅通通的，在兩邊馬隊奔來馳往，長桿交揮中也看得清楚。

看沒兩眼，就知道鄒朗的馬術在這些人裡是最好的。他人高大，但在馬上極為靈活，前俯、斜身、彎腰、探臂，人、馬、桿三者合而為一，很快就主宰了場面。

有一毬，本來紅隊一人攔下，要帶往毬門，鄒朗快馬趕上，就在對方要揮桿擊進毬門之際，竟然把毬從空中截下，再轉身急奔，反而直竄到對方門前。對方守門人還沒來得及反應，就由他擊進了一毬。

這一進毬，裁判官舉旗，這邊的教坊樂隊鼓鉦齊響。

不久，不只是綠隊明顯占了上風，再看一會兒，簡直像是在看鄒朗一個人的獨角戲了。

鄒朗這隊進了四毬，對方才進了一毬。而綠隊裡，鄒朗一個人就占了三毬。

我跟勿生說，「鄒朗很厲害啊。」

勿生微微一笑。

我再看寧西王，他一直看得很樂。不停哈哈大笑。每進一毬，他還會賜酒，吩咐有人端盤送酒。

再過一會兒，毬賽結束了。綠隊共進了八毬，紅隊三毬。鄒朗一人共進了五毬。

鄒朗策馬朝寧西王而來，在馬上行禮。

寧西王快活地笑了幾聲後，說道，「你打毬打得太好了！去年你一個人就打進了四毬，今年能又打進五毬，真了不得！」接著回頭說，「賞！賞黃金十兩！」

我一聽，差點沒從馬上摔下來。

靠打贏一場毬能領到黃金十兩的賞賜！真不愧是有錦山的吳越國！

「領賞！」鄒朗滿臉喜容，接著他說，「待明年再為大王多打進幾毬。」

寧西王開懷而笑。「都說是在沙場上衝鋒陷陣過的人打毬打得才好，果然名不虛傳！」

「光是這樣打毬有什麼意思？」說話的人是我身旁的勿生。

本來還鬧哄哄的場子，不知怎麼就突然安靜了下來。

「你說什麼？」鄒朗的聲音。和悶雷一樣。

「我說，一堆人擠在場子裡，個頭大的人衝來衝去，總不會不占便宜。」勿生平平靜靜地說，「這樣打毬有什麼意思？」

鄒朗身下的馬嘶然一聲掀起前蹄，他用力才壓下。這下他的臉色漲紅。

「那勿生大護法有何高見？」寧西王倒沒以為忤，笑咪咪地看著我們問道。「有看過什麼更好玩的打法嗎？」

勿生回道，「我喜歡玩一對一的。只有兩個人在打，誰的毬打得好誰的差，勝負高下，一目了然。」

哈哈哈哈，鄒朗仰天大笑，看來甚為歡暢，把剛才的悶氣一消而散。

笑完，他環視大家說，「殿下！各位！要打一對一的毬，我鄒朗說是天下第二，就沒人敢說是天下第一。是因為沒人敢跟我對著玩，我才混進這種十個人的隊來玩。」接著他臉上的笑容更大，「聽兄台之意，顯然不只想較量刀劍，還想下場玩玩馬毬？」

勿生回答得也簡單俐落，「正有此意。」

寧西王和鄒朗幾乎是同時歡聲叫了一聲，「好！」

當然，兩人歡聲裡的意思大不相同。

「那你要怎麼玩？」鄒朗輕快地說著，剛才臉上的陰沉都不見了，看來信心十足。

「各進十毬。誰先進誰贏。」勿生說。

鄒朗更開心了，「行！那賭注是什麼？」

勿生說，「我贏了的話，要請鄒朗兄台把左臉那條長鬚剪下來就好。」

轟然，從寧西王開始，全場大笑。

鄒朗臉一下又黑了，眼睛瞇了起來。「那你輸了呢？」

「我從不留鬚，就為鄒朗兄台留一次鬚。」勿生說。

哈哈哈哈，寧西王帶頭笑得更歡了。

「放屁！」鄒朗爆出一聲，「我要你剃光腦袋！」

這個賭注講得全場很樂，所以勿生要等大家比較平息的時候，才講出下一句。

「鄒朗兄台出這個賭注的話，那我也要換一下。」勿生停了一下，「禮尚往來，鄒朗兄台要把我上面的頭剔光，我贏了的話，就要請兄台把下面的頭剃光。」

全場先是沒聽懂勿生說什麼，靜了一下，接著猛然爆出狂聲爆笑。

寧西王差點沒從馬上笑得摔下來。

我看葛文，他是平常最不動聲色的，這會兒也笑得前俯後仰。

「快・上・馬！」鄒朗的聲音穿透了爆笑聲，內力深厚。

勿生讓人過來幫他束了下袖子。

鄒朗就在不遠處的馬上望著他。

寧西王、全場護衛的人馬、打毬的兩隊、兩邊的鼓樂手，都在看他。

是我的話，就手忙腳亂了吧。勿生好像還在回味自己剛才講的話，帶著微微的笑意。

到寧西王府之後，我們的衣袍都早已新做了不只一套。

勿生那天穿的是一身淡粉的袍子，束著一條墨綠的腰帶。在床上休養這幾個月，臉色有些蒼白，但現在春日的陽光之下，則顯得潔淨。

很奇怪，這幾個月雖然和他一直在一起，也常常看他，但都沒像那短暫的當兒印象那麼深。可能因為他本來就不是搞笑的人，所以那天把全場笑得人仰馬翻，也就難忘。

這樣，比賽開始了。

十六　蝴蝶追花

有些事情很難形容，譬如，馬就為什麼突然變成蝴蝶了？

的確，勿生和鄒朗一對一打的那場毬，讓我印象最深的，不是他們兩個人騎著馬在如何你來我往。我一直記得的，是他們兩人在馬上奔馳，兩人長長的毬桿像在揮，也像在舞，結果像是看到自有生命的蝴蝶，在高低飛翔。

而蝴蝶繞飛的那朵花，那個小紅毬，在風中也像長了翅膀在漫舞。她似乎在對蝴蝶的兩翼輕歌，看你們誰能先追上我。

也就在一個剎那，紅花終於在一對蝴蝶的廝纏中脫離，裊裊然要落近地面的時候，突然有一隻蝴蝶閃了過來，嗒的一聲撈起了她，然後在空中劃出一條長線，把她送過了綠隊的隊門。

在大白天裡，紅毬突然像一道流星一閃而逝。而匆生揚起的手臂和毬桿還沒來得及落下。

可我最難忘的還是那嗒的一聲。

兩隊二十人馬在場上奔馳的時候，打中毬的聲音聽得沒那麼清楚。但只有兩個人的時候，聽來清脆無比。

我不知道是怎麼回事，那嗒的一聲好像敲進了我的心底。

鼓樂齊奏。

寧西王也開懷大笑，眉飛色舞。

我一直在想的，則是到底那嗒的一聲是怎麼回事，敲到了我心底哪裡。

逐漸，我想到那像是一種叫聲，帶著童音的叫聲。像是在你身後喚了你一聲。

再來，那是個孩子，深色的袍子穿在身上顯大。孩子轉過身來，我看到她的臉龐，她的眼睛。把我從漩渦中撈起來，又溫柔地拋落一個山巔的眼睛。

心裡五味雜陳。蝴蝶終於追上了紅毬，我還完全不知道她在哪裡，自己在吳越國這裡成日廝混。

想著嬋兒，那天勿生後來進的幾毬，我都沒看清楚。

到再看的時候，勿生打進的毬數已經是遙遙領先的六比二了。

前面兩人每進一毬，鼓樂齊奏，全場歡聲雷動。

這個時候，寧西王招了招葛文過去。兩人俯耳說了什麼，寧西王又怡然自得地微笑，捋鬚而觀。

鄒朗已經不像開始那樣，用毬桿和勿生較量上下，而是仗著身軀大，一直想靠近勿生，把他撞下馬。我沒想到勿生的馬術這麼好，可以始終繞避而過。

勿生第八次把紅毬送過毬門之後，鄒朗朝他急衝而去。勿生騎進毬門，鄒朗急追，兩人都衝進了鼓樂班子裡。一下子大亂，急叫聲、呼喊聲亂成一片。

勿生繞了出來，直往寧西王前打住。追在後面的鄒朗，追到這裡也不得不打住。

「勿生！不打毬了！你不是說要用阿鼻劍試試我的陌刀嗎？」

鄒朗的聲音響亮，全場忽然一片靜肅。

只有輕輕地呵一聲。

我看，是葛文。他一大一小的眼睛，那隻大的一陣急劇的抽動，也泛起一種光。

寧西王原先並沒什麼反應，他看看葛文再看看鄒朗和勿生，臉上這才有了笑意，接著就盯住勿生。我看他眼神更歡了。

勿生緩緩策馬過來，一手按轡，一手輕揮著毬桿。臉上的表情，有點似笑不笑。

他來到寧西王座駕前不遠，「殿下，前日所言，不知阿鼻劍是否可以還給在下，以便奉陪鄒朗的陌刀？」

寧西王看了看葛文，哈哈笑了起來，「早說了，給你配好劍鞘了。」他朝葛文揚揚首。

韓飛過來。他下馬，從鞍上解下玄色包袱，雙手端給勿生。

勿生也是雙手接過。在馬上打開包袱，裡面阿鼻劍配了一個赭紅的劍鞘。

勿生右手握劍，沒有拔劍出鞘，只上下晃動了一陣。但誰都看得出，這把劍很沉重。

他說話了，「當然好，奉陪。」接著問，「請問要馬戰，還是步戰？」

鄒朗嘿了一聲，「那看你要見好就收，還是見血才收？」

「我都可以，悉聽尊便。」勿生淡淡地說。

鄒朗又嘿了一聲，「陌刀的厲害，是人馬俱碎，那我讓你，你就騎馬，我不用。」

勿生翻身下了馬。「那怎麼好意思。要步戰當然就大家一起。」

我實在太驚訝，所以一直到這個時候才會過意來。

勿生才又重傷重癒，並且阿鼻劍還仍然沉得要命，揮動都有些吃力，怎麼可能拿來交戰。

我雖然還沒有看過陌刀，但是看鄒朗在鄰院裡揮動陌刀帶起的殺意和氣流，力道想必非同小可。聽鄒朗的口氣，他根本不是要一展身手，而是要勿生的命！

勿生果真從鄒朗身上找到法子拿回阿鼻劍了，何苦又要把自己逼入這種險境？要攔，也不知如何出口了。

也就在我剛想到這裡的時候，聽到葛文在問，「鄒朗俠士也把陌刀帶來了嗎？」

鄒朗冷哼一聲，「不是說好了今天要較量一下？」

這時聽到寧西王又開懷哈哈大笑起來。

「太好了！太好了！陌刀對阿鼻劍！阿鼻劍對陌刀！看看哪一個厲害！」

全場人看寧西王開口了，這又都跟著起鬨，「精彩！精彩！阿鼻劍和陌刀！看哪一個厲害！」

接著又聽到有人吆喝，「散開散開！刀劍無眼！」原本打毬的場子已經夠大，這時把場子拉得更開一些。

十七 會陌刀

我雖然不使刀，但是第一眼看到陌刀，也不由得和場邊其他人一般驚呼了一聲。刀長有六尺，寬約一尺。刀頂略斜。刀身寬有六寸，直削而成刀鋒。

在快要正午的太陽下，鄒朗亮出刀的時候，他的手裡像是有一道奇異的光在流動著。一來是刀身很長，非比尋常，二來也是在陽光下，刀光似乎在吞吐不定。

等可以細看的時候，我看出陌刀有著尖鋒，也有雙刃，所以說刀非刀，也可以說亦刀亦劍。整把刀既鈍重又鋒利，太陽光照在不同部位，亮起不同的光，在遠處看來就像流動的光。

陌刀可以接長桿，馬戰用。也可以接短的刀柄，步戰用。現在鄒朗手上這一把，接的是短刀柄。說短，也足可兩手交握有餘。

我望向勿生。他朝我揚了揚眉。

我下馬，走了過去。

「你還使不動，這要怎麼打？」我小聲問他一句。

勿生沒有回答，只是低頭看他的阿鼻劍。

寧西王為他打造的阿鼻劍鞘是赭紅色。其中又織有銀線，確實和劍身是搭配得天衣無縫。此刻在陽光下，像是有一條條小魚在劍鞘中游移著。

勿生抽出了阿鼻劍，把劍鞘交給了我。

也在這時，勿生俯身過來在我耳邊輕聲說了一句，「這次我叫你的時候，你要出手。」

想起在智覺寺他寧死也不要我幫他那一幕，我心裡稍微一鬆，但還是想不出他為什麼要這麼做，很焦急，卻又好像隱隱然知道另有解答。

阿鼻劍出鞘，相對而言，場邊雖然也是一陣輕呼驚嘆之聲，但不像剛才看到陌刀那麼大。

這也難怪。相較於人人都能看出陌刀銀亮的流動，那種把鈍、利之美融為一體之美，阿鼻劍比陌刀短了一截，又通體漆黑，看不出任何鋒利的光芒。太陽底下，它安安靜靜得像一段黑夜的信物而已。

況且，即使沒有拿劍的人，光在遠處看，也知道這把劍在勿生手裡並不是那麼趁手。

我的額頭滲出了汗水，風吹過一陣涼。

也就在這時，一副奇異的景象出現了。

勿生抬起了劍。

我以為他又要彈起劍身。

不是。

他伸出左手握住了阿鼻劍劍身。然後慢慢地，把劍抽出。

他左手握劍的地方滲出了鮮紅的血。

即使阿鼻劍的劍鋒已經封閉，已經鈍化，在手上慢慢拉出那個傷口的感覺，也讓我心猛然一揪。

場邊也響起很大的一陣驚呼。

「這是什麼招？」鄒朗微皺了眉頭問道。

「讓你一隻手。」勿生回道。

「讓我？」鄒朗重複了一句。他現在臉色不像剛才那麼紅，「你是怕輸了先找藉口？」

勿生的劍抽離了左手掌。他抬起左手，血滾滾淌下他束緊的袍袖口。「怎麼會說是找藉口呢？」

「不找藉口，來這一招幹什麼？」鄒朗冷冷地說。

勿生伸展了下左掌，「還行。」他說，接著他揮了揮手中的阿鼻劍，「聽你這麼說，你今天玩的是想見好就收，不是見血才收了？」

「你說呢？」鄒朗冷哼了一聲。

我在看到勿生揮了一下劍的時候，明白了怎麼回事。能那麼揮劍，阿鼻劍已經不是剛才掛在我腰間，也不是我交給勿生的時候那把沉得難以揮動的劍了。

這麼一會兒的功夫，阿鼻劍就能變身，只有一個原因：它沾了勿生的血。果然，這是一把要勿生的血才能甦醒的劍！

「我哪知道。你不說，那我們來問殿下！」勿生揚聲問道，「殿下！請問今天該是怎麼玩法？」

寧西王倒沒什麼停頓地回了一句，「見好就收。兩位都是我要仰仗的英雄，傷了哪一位都不行。」

勿生回頭朝鄒朗點點頭。

鄒朗大概是鼻子出氣輕哼了一聲。

但也就在同時，勿生突然一劍刺向鄒朗。

鄒朗原本橫刀而立，咻的一聲陌刀在陽光下閃出一片耀目的銀光。銀光像一道江流展開，看來任何東西想要跨江，都得吞沒在江流洶湧的波濤中。

勿生根本沒想過江。

他那一劍刺出，劍勢根本還沒走盡就已經另走方向。他的身子一矮，縮劍剛避過鄒朗橫揮一刀，卻不退反進，大步往前一躍，再從原來的方向，低一點的方位又刺出了第二劍。

鄒朗還來不及回刀，胸腹空門大開，阿鼻劍就那樣刺進他的左肩袍袖，一挑而開，收劍躍開。

四周大家轟然叫好。

十八
人馬俱碎

快要近午，鄒朗站在日頭底下的影子，和他高大的身軀相比，不相稱地短小。

在眾人喧譁中，鄒朗一聲也沒出，只是在看自己袍子左肩被挑開的那道口子。沒有血跡，只是有一道口子。

「好！好！這真是見好就收！」寧西王很歡愉地說道，「這樣的見好就收，不分勝負。勿生大護法和鄒朗，各賞黃金二十兩！」

我看葛文也在微笑，朝著我點點頭。好一陣子了，他看到我都沒有什麼笑容，這下子應該是看到勿生的身手恢復了，所以這麼高興。

「你們說，這叫見好就收？」

一個悶悶的聲音響起，突然陽光的顏色都顯得冷暗了一些。

所有的聲音都安靜下來。

是鄒朗。

「這個無恥小人，連較量的招呼都沒打，就出招偷襲，你們還說這叫見好就收？」鄒朗的聲音，沒有任何起伏，但是壓得人心頭低低的。

看來寧西王有點拉不下臉，一時不知如何出聲。

「鄒朗。」勿生接口說話了，他抬了抬左手，「我自己都已經在手上拉出一道口子了，流了這麼多血，難道你都看不出我是多麼看重此事？」他停頓了一下，「如果連這都不算告訴你我要當真和你較量了，怎麼才算？」

鄒朗一時說不出話來。他的臉色漲紅，有些發紫。

「見好就收的你勝一局。那我們這就來見血才收的吧！」他面無表情地說。

這次，輪到他語音方落，霍然一刀揮向勿生。

只是勿生不像他，就在他話才剛完的時候就已經斜地跳開。銀流似的刀光，只差一點就要割開他的右臂。

而鄒朗毫無停頓，快步竄前，再揮一刀。

勿生不見反擊之意，也是跳開來繼續遊走。換了是我也會，鄒朗的陌刀刀光，無人能硬當其鋒。

場中大亂。剛才還在打毬的兩隊二十匹人馬還在。但是鄒朗的刀光已經嚇到馬匹，紛紛長嘶、掀起前蹄，有些馬上的人差點落馬。地上泥塵皆起。

勿生繼續躍奔，鄒朗繼續死追不放。四周人驚呼聲起，我看寧西王那邊好像在嚷叫什麼，但也聽不清楚。

我的心在怦怦跳著。

一種說不出的感受，在胸臆之間瀰漫著，漲得我越來越滿。

我跟在鄒朗身後。他絲毫不理會我，只顧追殺勿生。

我的心思飛快地動著，我這是怎麼了？是在等勿生叫我，要我動手嗎？還是在等什麼？

再沒多久，我知道我在等的是什麼了。

鄒朗再一刀差點砍到勿生卻沒砍到之後，正好一個綠隊打毬的人勒不住受驚的馬竄到他面前。

鄒朗雙手握刀，耀目的銀光從人腹到馬腹斜劈而下。

馬的前半身仍然往前跑了幾步倒地，被切開的那人上半身也嚎叫著落到馬首不遠處，五腑六臟在空中散開。而馬的後半身和人的下半身則就地倒下，只是馬的後蹄和人的兩腳都兀自在空中踹動著。

陌刀如風，人馬俱碎！

我見識了。

十九　亂箭

鄒朗起刀、斜劈的動作早已如同閃電過去，卻在我腦子裡悠悠地一點點留下光影痕跡。

毫無任何逗留停滯，果然是急若錢塘奔流。我相信若不是陌刀，是使不出這種刀法；沒有這種刀法，也沒法把陌刀使出這種境界。

每天早上，隔院裡會有旋聚枝葉的氣流，是人家在朝夕鍛鍊；我那個時候卻經常和覓春跟尋溪在聊天，實在慚愧無以復加。

這一會兒，我也明白了匆生的情況。

他雖然又能揮舞起阿鼻劍，但是顯然還不趁手。不知是否因為他餵的血不夠，和智覺寺那一戰大不相同。他無法和鄒朗真正對決，現在只能一路騰挪閃躲。

我掣劍在手。

他自己心裡早已有數，所以跟我說要出手幫他。可是到這個時候也還沒有出聲，一直在不至於說是狼狽，但十分驚險地閃躲鄒朗。

鄒朗的陌刀帶起陣陣氣流。

全場大亂。到處都是眾人驚叫、奔跑聲。兩邊打毬的其他人馬也是怒吼、驚嘶聲不斷。只是人馬亂竄，揚起更多泥塵。

有些人馬在原地亂轉；有些人往毬門跑去，撞翻了教坊鼓樂手，一陣慘嚎；還有些人馬發了瘋似的往寧西王的方向跑去，卻也被護衛的赤雲都斬落。

我看寧西王的方向，他面色大變，在大喊，「反了！反了！拿下他！」

亂聲中，有人高呼，「鄒朗！莫亂來！」疾奔而去。

是韓飛。

我沒有想到韓飛會有這種膽識，在這種亂局下有如此沉著的聲音。

但鄒朗根本不理會他。隨著勿生一閃，他的刀光又把亂竄而來的一個打毬的連人帶馬斬了個整齊。

人血、馬血噴灑而出，沾了鄒朗一身。

一枝箭射向鄒朗，他身後像是長了眼睛，回刀就把箭震飛。

韓飛又射了兩箭，鄒朗也都格開。

勿生這時躲進一座毬門，鄒朗緊跟而至。

勿生才閃到毬門的門柱之後，鄒朗刀光一閃，勿生又躲到另一邊。

而鄒朗再追過去的時候，剛才那有一人合抱粗細的門柱緩緩從中裂開。毬門先是搖斜，再就轟然垮掉。

這時我聽到勿生叫了一聲，「勿離！」

我先是有那麼一下沒意會到他在說什麼。接著我一躍而去，刺向鄒朗。

我看到迴繞的光鍊。

在一段距離之外看，只覺他刀快，這一實際交手，才知那快得何等凌厲。不等刀至，刀鋒冰涼的寒意先到。我要避開，才發現在這人馬亂竄的混亂之中，難以騰挪。

若不是韓飛的兩柄斧頭殺到，我在頭一回合就要難看了。

韓飛的斧頭黑鈍，鄒朗先是終於回刀，看來也是忌憚刀鋒受損。但是隨著韓飛再擊，鄒朗旋刀，以刀身和斧頭交擊出鏗然一聲，盪開韓飛的右斧。

韓飛的左斧再來，鄒朗的陌刀卻正好順勢而下，切向韓飛的左小臂。韓飛的動作靈活，縮手回去，剛好在絲毫間躲過。

我的劍也在這時刺向鄒朗的腰間。

剛才看匆生和他動手，我就發現陌刀威猛，但畢竟揮動使力，所以最好不要直攻頭臉和上盤。攻下盤，他拿陌刀防禦反而不便。鄒朗果然要把刀拉得更下，動作一大，上半身就露了個空門，我轉劍就撊。但沒想到鄒朗才往下走的刀鋒半途拉斜迎上，眼看就要把我的劍震飛。

這時咻咻箭聲響起，鄒朗和我急忙擋箭。

三十名赤雲都已經排在兩丈之外，強弓急弩射來。箭如雨下，鄒朗掄起陌刀，刀光旋轉有如飛輪，把來箭一一擋下，但也無法再挪動半步。

我則急躍到還沒全倒的另一邊毬門柱，和勿生擠在一起。一枝枝箭射來，我們也是動彈不得，有枝箭還射穿了我的袍袖。

吳越國每年搞定射潮大軍還沒白搞，訓練出一批好射手。這會兒大家都正好可以炫耀功夫了。

這真不知怎麼才好了。

難道來吳越國這一趟，卻要死在亂箭之下？

突然，箭少了。停了。但是咻咻的箭聲卻越發急了。

我探頭望去，發現空中箭如雨下，但不是赤雲都射向我們，而是從毬場外另一個方向射向赤雲都。

赤雲都隊形大亂。有些人馬直衝向鄒朗，鄒朗銀鍊般的刀光把他們切得一塊塊碎裂。他已經殺紅了眼，我看他刀光來回，把一匹人馬直切成四塊。

我不知道這到底是怎麼回事。從哪裡來的箭？也在這時，忽然聽到呼嘯一聲，四面八方都響起喊殺之聲。接著我看到一大批人從林子裡，從山坡上衝下來。不是軍人，裝扮各異，但手裡都拿著各式不同的兵器。場裡更是亂成一片。人馬沸騰。

我看得發愣的時候，有人吼了一聲，「快走！」

二十 清風寨

混亂了一陣子，那天直到上山腰的時候，我才比較平靜下來。

我們是跟著後來不知從哪裡殺來的人一起上山的。

「勿生大護法！跟我來吧！」一個看來有點滑頭滑腦，眼睛大大的人，拿著一把開山刀，在我們剛離開那個門柱的時候出現，嚷了一聲。

勿生沒有和他打什麼招呼，不像是認識的人，但朝我示意跟他走。我一面走，一面回頭張望，看到原來的場上塵土瀰漫、殺聲震天。

我們竄進林子，再往山上越走越高。一口氣走到一個坡上喘口氣，再看山下，泥塵都已經比較平復。陽光下，寧西王和一些紅盔紅甲的人馬在往北撤，有些人在追他們，還有些人影拉著些東西往山腳下過來。

「我看這下子夠我們整年吃喝了！」帶我們上山的人齜牙一笑，「勿生大護法！你不認識我，我認識你！我叫潘剛。」

「你怎麼認識我？」勿生問。

「久仰啊，三年前在和州看你大顯身手。」潘剛說。

勿生哦了一聲。

「來！來個人，快幫勿生大護法紮一下手。」潘剛嚷道。「還是快去山上吧，山上有人可以照料！」

我不知道三年前是什麼事，看潘剛對勿生一片好意，說話又頗為景仰，就放了心。

我們繼續往山頂走。
那麼多人急促的腳步、兵器碰撞、拖拉東西的聲音，前前後後地響著。
我的心情卻一下子安靜下來。
不只是因為終於離開被困了三個多月的寧西王府，現在終於自由了。
還因為走著走著，我聞到了山的氣息。
又不只因為林子的光影、枝木草葉還有泥土的味道，還有太多事情浮上了心頭。

想起我那個連要上吊的力氣都不夠的晚上。
想起那如水的簫聲。
那個樹洞，陽光像一道水流澆著嬋兒的舞步。
坐上了星星的那一夜。
把劍穿透王風的喉嚨，把他釘上樹幹的那一刻。
樹林裡發現了菩薩的那個清早。
一道道記憶，此起彼落地在我心頭掀動著一道道波浪。

我趕著路，不時看看勿生，別走散了。

他走在我右手邊。看他的腳程，身體是沒事。左手剛才也有人給包了一下。

我心底的波浪載著我晃蕩，好一陣，我想知道該怎麼形容這縈繞在山裡的氣息，我的心情。

又走了一會兒，我才知道怎麼打比方了。

那是像媽媽的氣息。

不論好事、壞事，山都不會說話。只是隨你。

我也突然才想到：這輩子我最美好的回憶，不都是在山裡嗎？

那塊月下的石頭。那個月下的山坡。

過了山腰，越來越難走。

潘剛他們的人，先是在一個窄徑上設了第一道關口。從窄徑上去，山勢益發陡峭，走到只剩傍著懸崖的一個隘口，又有第二關。

過了第二關再往前走沒多遠，就沒路了，斷壁險立，難以攀登。這就是第三關了。

勿生的左手有傷，潘剛叫人從高處垂了個大簍子下來拉上去。

山寨在就在斷壁頂上，立了個牌子，字寫得很清靈：清風寨。

有比我們先回來的人。這時聽到寨子裡爆出歡呼，此起彼落地，「寨主萬歲！」、「恭喜老大！」

接受歡呼的人，四十來歲，塊頭很大，一看就知道孔武有力，把手裡的鐵鎯鎚交給了來接的人。他眉飛色舞地說，「大家同喜！大家有份！」

說著他回身叫道，「潘剛回來了沒有？」

潘剛一面應聲，一面急步趨前，在那位寨主身旁說了幾句。

寨主快步走了過來，「勿生大護法！久仰大名！這次若不是潘剛認出你來，又要失之交臂啊！」他拱手為禮道，「歡迎光臨小小山寨！」

勿生也回禮，「哪裡！今天如果沒有各位，我們還不知道如何脫身。」他停了一下，「不知寨主如何稱呼？」

「哈哈！你看真是失禮！我啊，我就叫老大！」他哈哈大笑，「姓老名大！」

旁邊出來一個細聲細氣的聲音，「我們寨主是姓廖名大。他總是說不清楚。」

說話的人也是從寨子裡迎出來的，乾黑瘦削，嘴上留著兩撇鬍子。

潘剛跟我們介紹了一下，「這是我們的陳軍師。」

他沒有說名字，我聽廖大說得好笑，心裡不由得想，莫非此人也是姓陳名軍師？

「這次出謀劃策都是陳軍師！陳軍師就是我的腦子，潘剛就是我的肩膀！我們三個是結拜兄弟！」廖大不知平素就愛笑，還是今天心情特別好，說一兩句就要哈哈大笑兩聲。

廖大又看看山下，「人都回來得差不多了嗎？」

潘剛回道，「剛才點了一下，還差十八個人。」

「怎麼啦？」廖大皺了下眉頭。「還有東西沒搬回來？」

潘剛說，「該搬的東西都搬回來了。」他停了一下，「沒回來的，是還在搬人。」

廖大揚了揚眉，「還搶了人？搶了什麼人？」

潘剛嘻嘻笑了一下，「搶了那個西寧王身邊的兩個女人。」

廖大噯喲了一聲。「這不是搶了皇后回來嗎？」他又放聲大笑起來，「那今天晚上我可是要當皇帝啦！」

他這一樂，山寨裡裡裡外外都跟著轟笑起來。

潘剛又朝陳軍師笑嘻嘻地說，「軍師，還給你也搶了個小雛兒來了。長得真俊！」

陳軍師本來一直皮笑肉不笑的，聽了這話，終於亮聲說道，「謝嘍！」

「快快快！快進去吧！」廖大說，「今晚可要好好樂乎樂乎！」

二一 廖大

清風寨不小，可一個個木頭搭起來的房子都不大，只有倚山而建的一座樓最大，最像個樣子。他們管那裡叫香堂。

那天晚上，香堂裡外都有亮晃晃的火把，也裡裡外外都擠滿了人，人不少，有兩三百。男女都有，也看到些小孩。

堂外有些鍋在煮、炒，也有許多火堆在烤東西。食物的香氣飄散著。

人人歡笑聲不斷，像在過年一樣。個個都興高采烈地談論今天下山搶到了什麼好東西。

山頂上夜裡還涼，潘剛把勿生和我拉進了香堂裡坐著，也問我們要不要披塊毛皮。勿生說他要一塊，我就說不用了。

勿生左手的傷口已經清洗過。那個陳軍師就是潘剛說的大夫，看了傷口說沒有傷筋動骨，過一陣子就好。

我聽了，大有一則以喜，一則以憂之感。喜的是勿生可以很快就好，憂的是他的劍這麼說不準，每次都得靠他自己的血才能叫得醒，真不是辦法。看來上次他是先重傷，命都快沒了，阿鼻劍才完全甦醒過來。而這次他只是在手上劃了個口子，所以劍就愛醒不醒了。能讓他揮一揮，可是完全沒有可以和陌刀相較量的威風。

每次和人對陣，他都得先要自己大半條命？

這叫什麼劍啊？真是妖劍，魔劍啊。

我看著掛在他腰間的劍，也想起不動和尚說的話。

勿生看了我一眼，好像知道我在想什麼，露出一個很怪的笑容。

山上清冷的風，混著周圍的人身上的怪氣味，又有火光又有食物的香氣，有些人說話的口音又完全聽不懂，我覺得自己真像是掉入了一個夢中。

昨晚還在寧西王府裡，住在連木頭都有香氣的樓裡，夜裡床上還有那光滑的綢緞被子。今天晚上我卻在這荒山峻嶺，跟一群身上蝨子、蟲子，什麼怪氣味都有的人混坐在一起。

有人拿了一個碗，裡面裝了一些烤好的肉，炒熱的肉給我們，也塞了個瓶子，裡面是酒。

接著我聽到廖大洪亮的嗓門說話了。

廖大的聲音很響亮，「兄弟們！聽好了！」

四周嘈雜的人聲安靜下來。

廖大手扠腰，一手拿了個酒瓶，仰面而立。

他環顧四周，哈哈一陣笑聲，「痛快呀痛快！我們等了三年，終於等到今天，能搶一把寧西王手裡的財寶，真是出了口氣！」

他伸手指了一指，「這些混蛋打一場毬，就能拿到這麼多賞賜，沒有天理！我們搶下來，這才叫替天行道！」

對！對！替天行道！一陣陣呼應的喊聲。

「更妙的是，不但搶了他的財寶，還搶了他的女人！」廖大又仰天一陣大笑，「帶出來！」

一群人笑鬧著推搡著兩個女人出來。

我一看，啊，真沒想到，其中有一人竟然是玉妃！寧西王最寵愛的玉妃！今天她穿的不是那條名貴裙子，但儘管裝束已亂，仍然可以看出珠光寶氣。

另一人就是個宮女，沒有什麼特別印象。

玉妃和那名宮女都嚇傻了，沒出聲也沒有表情。

「能搶到西寧王的女人，今天得感謝張罈子。來！張罈子說說怎麼搶到的給大家聽！」廖大嚷道。

「寧西王他們騎了馬先走，這些女人都坐轎子。抬轎子的人先跑了，我看剩一些護衛跟這些女人在那裡動彈不得，就跟兄弟們放箭。本來有十幾個女人哩，最後只剩下這兩個活的！」

說話的人如其名，五短身材，活像個罈子。他說得口沫橫飛，「我看這個穿著打扮不一樣，怎麼也得抬回來給老大享受享受。」他停了一下，「可還真不輕，扛得我挺沉的！」

「張罈子！有沒有先摸兩把？奶子大不大？」有人喊了一聲。大家都轟笑。

「老大沒摸之前，我哪敢亂摸！」張罈子說著趕快瞄一眼廖大。

廖大嗯了一聲，抬起手裡的酒瓶喝了一通，抹抹嘴說，「我們說有酒一起喝，有肉一起吃！錢財好分，可這個女的我看只能獨享，又覺得對你們不好意思，這怎麼辦？」

「老大，西寧王女人的屄，你自己肏就好啦！可是這個女人的屄長什麼樣子，你讓兄弟們瞧瞧如何？」聽來還是剛才那人。

廖大皺了皺眉，「屄還不都長一個樣子？有什麼好看？」「誰知道啊，她們穿金戴銀，頭上什麼珠寶都有，誰知道她們底下有沒有鑲金戴玉啊！」那人踮起腳來說。是個黑黝黝的中年人。大家又一陣轟笑。

又有人說，「搞不好還插著花哩！」

又笑翻了。我看裡面一些女人笑得特別開懷。

廖大大喝了一聲「好！」他說，「好！給你們看！」

這下子香堂內外都快掀翻了。

「不只給你們看她屄長什麼樣，還給你們看把她的屄肏起來什麼樣！」他說得眉飛色舞。「大丈夫何患無屄！」

二二 女人和孩子

四周樂翻的人，男人就不說了，不知怎麼一些女人比男人還樂得尖叫。

陳軍師坐在那兒，細細的眼睛笑得快看不見。他手裡捏著一個孩子的手。是那個嘴角有個紅痣的男孩！

和那天在寧西王的筵席上，坐在葛文旁邊一樣，男孩沒有東張西望，不見什麼慌張。

要說有什麼不一樣，就是他一身芙蓉色衣袍上沾了不少髒汙，不那麼新了。

我這時才仔細端量他。真是個孩子。年紀看來也就是八、九歲大。說是八、九歲，可是他的神情又遠不只那個歲數。他連抬頭看見我和匆生也在這裡，都沒顯驚奇。

陳軍師摸了下自己的小鬍子，呵呵笑著，不像旁人那麼又頓腳又敞開了喉嚨叫，只是在搓揉孩子的手。孩子也就低頭看著自己腳下。

香堂裡一堆人莫不個個想往前擠，看個清楚。

好幾個人已經擠過匆生和我，鑽到前面。

廖大把玉妃拉到一張木桌旁，嘩啦扯開了她的袍服。玉妃剛才呆若木雞，這時在拚命掙扎。廖大喝了一聲，上來兩個手腳壯碩的女人，左右按住玉妃。

廖大再從中一扯，玉妃的內衣也被拉開，一下子像個剝了殼的雞子，通體白條條地崩了出來。她的身材小巧，兩個奶子也不大，廖大一把就抓了一個在手裡。

「唉呦，真是好東西！」廖大怪聲怪氣地叫道。

香堂裡又快翻了。那個玉妃哭叫著夾緊雙腿。隔著一些人看，看不到那裡是不是真的毛長得像一朵朵花。

廖大已經三下兩下把自己剝了個精光。他果然不只臉上有橫肉，全身都肌肉糾結。兩片肉腚結結實實的，腿上到處都是毛。他沒有轉過來讓大家看他正面，饒是這樣，從旁邊看，也能看到他底下那根東西已經挺著。

這時，兩個女人已經把玉妃牢牢地按住。玉妃還在掙扎，然後突然朝廖大啐了一口。

廖大本來都要欺上身了，這時停下。

他伸手擦了擦臉，離開木桌，走到自己剛脫下的衣服堆裡，摸了幾下，掏出一把精光發亮的匕首。

香堂裡比較安靜。

「這個屄娘們啐了我一口！」他轉過來朝著大家，身底下那根沒多長，可是肥肥粗粗的東西在一抖一抖。

我心裡一跳，難不成他要把這玉妃就殺了？

廖大走向那個宮女，扯住宮女的頭髮，朝著玉妃說，「你敢再啐我一口，我就叫你像她！」

他的匕首一下子刺進宮女的嘴角，然後聽到滋拉一聲把宮女半邊臉豁開了一個大口子。宮女發出了一個很難形容的什麼聲音，帶著一臉鮮血癱倒在地上。

好啊！好啊！周遭又起鬨了。

廖大扔掉匕首，步履輕快地一躍到木桌邊，熟練地把玉妃兩腿一掰，伸手摸了一把，湊到嘴上舔了舔。

「我跟你說，別說你啐我，你不老老實實地跟著我好好地扭一扭，我也把你嘴豁開！聽到了沒！」

然後，廖大嘿一聲就把自己的東西拱了進去。

我愣在那裡。好一會兒不知道自己在想什麼，也都忘了看勿生的反應。

我只是看著廖大在那裡就那樣肏將起來。

玉妃的兩條腿在空裡不停地抖，不知是廖大肏得用力，還是玉妃真聽話扭起來。

全場歡笑都真是快掀翻了屋子。

可不知怎麼，我覺得臉頰濕濕的。

我很不喜歡玉妃。她用那金拍把宮女打翻在地，自己捂嘴嬌笑的樣子，是很可恨。

那天廖大如果是把她的嘴給豁開，我不會有什麼感覺的。

但廖大豁的是那個宮女。

也就是跟覓春、尋溪她們沒什麼差別的女孩。覓春、尋溪都是家裡窮得要賣孩子，兩個人長得又不賴，才進了寧西王府當婢女。這個宮女也就是那樣吧，只不過是寧西王自己使喚，有個宮女的稱呼罷了。

廖大拿這麼一個女孩來殺雞儆猴，算什麼英雄好漢？

他們上山立寨為王，就是受不了官府的橫徵暴斂，遇到這種女孩子應該算是遇上了自己人。哪有這樣下手的？

我也多少知道了那個男孩怎麼能一直那麼安靜。不管是賣到寧西王府，給葛文當寵愛，還是叫這些強盜擄上山，給陳軍師玩，其實沒什麼差別。

那天，廖大真把玉妃肏了好久。

有件事我是一直都不明白。

那個戰亂年代，圍城攻城，城破的時候就不說了；就算平常日子，男人擄了女人就硬上也處處可見。可我就始終搞不懂，女人掙扎成那樣，男人怎麼還能硬來。我可是個興頭再大，只要女人推我一把就什麼都萎了。

所以看廖大才豁了一個女人的嘴，就那樣把玉妃肏將起來，就算她後來真的又扭又動的，我也不知道他怎麼能硬得起來？

我是沒辦法。

回想起來，當時我還是太年輕，也太天真了。

勿生和我不一樣。

那天晚上，他只是在看。他沒像四周的人那麼瘋鬧，也沒像我一樣臉上有什麼淚水。

他只是一路看廖大，看到了尾。

我也發現，就在我觀望勿生的時候，也有人在看我。

我眼角瞄到一人。是那個孩子。剛才他的眼神一碰到我的就滑了開去，這時讓我發現他在看我，卻和我對望了一下才別過頭去。

陳軍師一面看著廖大和玉妃在㑹聲連天，一手攏上了孩子的腰，把他親密地摟住。

我的心思翻騰著，直到聽一些人嚷嚷起來，「回去了！回去了！輪到我們回去一㑹到天亮了！」然後他們身邊有女人的就狎聲、嬌氣地打鬧。

在人潮要逐漸散開的時候，勿生走了過來。

他在我身邊悄聲說，「我們今晚就下山吧。」

我點了點頭。這真是個好主意。

今天晚上這些人吃飽喝足，享受他們擄獲的東西，應該是我們下山最好的時機。

但也就在此時，聽到一個人高嚷著跑近，「不好了！不好了！」

二三　守山

那人急促的呼喊聲讓剛才好不容易平靜下來的人群又躁動起來。

「小三子，怎麼啦！」潘剛喝道。

「寧西王派人打來了！」叫小三子的人大口大口喘著氣說，「第一道山口已經破了！」

「什麼？」廖大這時穿上了衣服，急步邁了過來。

我看木桌上，幾個婆子已經在抬玉妃。宮女在地上早有人拖走了。

「寧西王的人什麼時候這麼有能耐了！」廖大掩不住驚訝的神氣。
勿生看看我。我心想，「你搶了寧西王最心愛的女人，他能不拚命嗎？」
「別急。快去看看吧。」陳軍師細聲細氣地說。他還牽著那個男孩的手。
「兩位也一起去看看？」潘剛一面走，一面回頭叫我們。
我們當然馬上就跟過去了。本來就打算今晚下山，現在去看看情況。

走近些，山腰上一片火光，廝殺聲很大。
「啊呀！」我聽潘剛叫了一聲。
從山上看，最後一道隘口就是陡壁。這要手腳並用，或者垂了大簍子才能上下。再往下走一段路，緊扼著一道懸崖的險徑，是第二道隘口。這時分，第二道隘口那裡一片火光，地上也有些屍體。底下不停地有火箭射上來，守隘口的人也在推石頭下去，看來有些慌了手腳。
儘管在夜裡，就著火光，可以看到隘口下有個人影在移動，不是赤雲都裝扮，動得很慢，但正一點點靠近第二道隘口。

守隘口的人光顧著扔石頭，好像並沒有注意到這個人。

「你下去看看吧。他們擋不住的！」勿生跟我說。

潘剛正在爬下陡壁。我跟著他一起下去。

雖然上面有人擎著火把照亮，可畢竟是夜裡，很多地方看不清，再加上山勢又陡，一不小心就摔死。

但我三兩下就爬下去了。

我和潘剛趕到隘口的時候，韓飛正好翻了上來，亮晃晃的斧頭劈翻守隘口的兩個人。他正要對付另兩個的時候，我大喝一聲，「韓飛！住手！」

韓飛望向我，臉上大是驚異，「你在這裡！」他眼睛轉了一轉，「勿生也在這裡？」接著哈哈笑了起來，「太好了！終於也有讓韓某人可以得享功名的一天！」

我朝他走過去。潘剛跑過去幫另兩個人守隘口，也朝底下射火箭。

「想得美！」我說了一句，朝他急刺一劍。

韓飛抬斧要擋，我劍已經轉向，劃向他的左腰。

也就在那時，我知道剛才怎麼會那麼快就下了陡壁。

突然，好像憋了一整天的氣，也好像憋了幾個月的氣，都要發出來了。

那個宮女嘴上被豁開的口子，血淋淋地在眼前。

我突然覺得都是你們這些人渣子，有辦法的人就仗著自己稱王稱公的欺負人，沒辦法的就上山當賊來欺負人！還有你們這些仗著身上有一點能耐的人，只為了功名，愛怎麼欺負人就怎麼欺負人！

我沒有激動。但是心底有一股氣源源不絕地湧上來。

所以夜裡陡峭的山壁難不倒我。

我看到韓飛，也根本不把他放在心上。

我只想一件事，怎麼痛快地把劍插進他心窩，或者一腳把他踢下山崖。

這陣子受鄒朗的激發而練的劍，今天早上看他陌刀如風的俐落，一下子都融入我的劍裡。我拿的不是陌刀，但我的劍也可以其快如風。

韓飛的斧頭很快。我的劍更快。

一劍一劍我很清楚地知道自己要攻的是哪裡，韓飛要擋防的是哪裡，我再下一劍要刺、砍、劈向哪裡。

我沒看到韓飛的表情，我只是盯住他的兩隻手。然後搶在他前面，正好把劍送到他的手要到的地方。他的手要退，我的劍已經又轉到另一個地方等他了。

有那麼十幾個回合吧。

我終於看到他的右手慢了一慢，也就那麼一剎那，我的劍劃過去，他的手就好像送上門一樣湊來。

我心底剛要叫好，他左手的斧頭卻颼然劈向我的右肩。我能切掉他的右手，他也能劈掉我的右肩。這是兩敗俱傷的打法。沒想到韓飛這麼甘心為寧西王賣命。

我收劍，風轉了身子，趁他斧頭揮空踉蹌，朝他左脅下的空門狠狠踹了一腳。

韓飛悶哼一聲，仰翻過隘口滾下去。

潘剛他們都停了下手，隘口下安靜了一下。

我雖然沒看到血，但是全身突然暖暖的一下。

就好像覓春、尋溪兩個頭一次把我泡進那個熱水船的時候。

潘剛和他兩個兄弟朝底下張望了一下，大聲嚷道，「打跑啦！」

還守在上頭的廖大、陳軍師和一大夥人，爆出一聲「好」！

我看不到勿生在哪裡。

後來，我回到崖上，他並沒有和廖大他們站在一起，自己在一旁。

就在廖大他們不停地誇我，把我又摟又抱的時候，勿生一直在看我。

「你看，今晚我把那個玉妃送進你屋裡吧！」廖大對我說，「那個小屄是真不一樣！難怪寧西王急得今天晚上就想把她搶回去！」

「不必不必！你好好享用。」我看看潘剛，「潘剛的功很大，送給他享用一下好了。」

廖大嘿嘿一聲沒說話。潘剛聽見了，朝我咧嘴笑了一下。

我朝勿生過去。

好一會兒，他朝我笑了一下，「身手還沒糟蹋！」

二四 颱風夜

過去這個清風寨的人下山去打搶生事，地方上的官兵也會來圍剿，可是真要攻打，因為山勢險峻，清風寨又把隘口把守很緊，所以總是無功而退。到後來，也就虛晃一槍。

那天晚上如果不是我去把韓飛打退，第二道隘口真有可能守不住。潘剛後來跟我說，如果只剩第三道隘口可守，陡壁雖然是真的難攻，可是他們也就真的困在山頂。山頂與世隔絕，吃的東西也不夠。所以一定要守住第二道隘口，這樣他們還有其他可以下山的路。

這次官兵差點攻破第二道隘口，一來是清風寨自滿，尤其就在事發的當晚，大夥人還在慶功；二來是搶了玉妃，那真是剜了寧西王心頭的肉，出馬的不是一般地方上的官兵，而是赤雲都。再來，還有一心要展身手的韓飛。

「那使雙斧的人很凶猛。」潘剛說。他熱情地拍我肩頭，「所以啊，你昨晚真是救了清風寨啊！」

廖大沒有像潘剛說得這麼清楚，但從那晚之後，見了我就會熱情地大叫一聲，「大丈夫何患無屄！好！」

我和勿生就這樣，不但沒能馬上脫離清風寨，還在山上又住了幾天。山下官兵圍得團團轉，每天都有人要打上來，我還成了理所當然去「監軍」的人。

在山上和這些盜賊整天混在一起，我特別留意有沒有臉上有刀疤的人。

燕子錢東是個賊，黃五也不是個好東西，不知會不會在這種地方看見他。可惜沒有。

其實，我也知道這不大可能。黃五既然吞了錢東那筆錢，早過上好日子了，應該不會淪落到又成為盜賊。

接著，山下又傳訊來了。

說來了更多赤雲都和官兵，給兩天時間放人，再不放他們就要放火燒山。

清風寨的好處，就是山上山下只有一條路，易守難攻。但也因為只有一條路，一旦放火燒山，就無處可逃。

山上大亂。廖大、陳軍師、潘剛在不斷議論。

「從沒看過他們這麼認真，這寧西王的妃子到底有什麼好？」潘剛在問。

「那乾脆把那個娘們放下山，還他們好了！」廖大說。

陳軍師搖頭，「這不行。不放，他們燒山還有顧忌，放了就遭殃了。」

我聽著他們說話，想起錦山的事。這些人整座山都能拿綢緞包起來，燒一座山算得了什麼。

也在這時，我也心頭一震，勿生也在看我。

不動和尚說我會遇上火劫，送了我一個錦囊，難道就是此刻要用的！

就在我想摸摸懷裡的時候，陳軍師掐指算了什麼，抬起頭來。「別瞎操心了。這火兩天內還燒不起來，過了兩天，就沒有事了。」

廖大又驚又喜地問他為什麼。

陳軍師摸著小鬍子嘻嘻笑道，「這就叫山人自有妙計，天機不可洩露！」

大夥兒聽他這麼說，都鬆了口氣的樣子。

我不知道陳軍師說什麼，想到不論如何我都有不動和尚的一個錦囊，心裡踏實許多。

可陳軍師還真算得不賴。我沒用得上那個錦囊。

先是探報回來說，山下的大軍，火攻的架勢都準備好了。

第二天夜裡，風逐漸大起來。

和一般的大風不一樣，我才知道這叫颱風。聽山上的人紛紛歡喜地大叫陳神仙，原來是陳軍師算到今年的颱風竟然會這麼早就來了。這颱風一颳起來，連風帶雨，不要說火攻燒不起來，人仰馬翻都給颳走，山下必然會撤軍。

看著風雨越來越大，潘剛忙著四處叫人顧好住處。房子不結實就去香堂躲。

勿生和我也鬆了口氣，打算就等風雨稍歇，偷溜下山。

只是那天還在半夜，我睡得還正甜，外頭的聲響把我們吵醒了。先以為是風雨要把房子吹倒了。又以為是寧西王的人攻破了隘口，上山頂來了，可是推門出去看，只是雷雨很大。寨子裡有些人在頂著風雨跑來跑去，不停地叫嚷。

雷電閃過的時候，看見廖大緊緊披個袍子，正朝香堂的方向過去。潘剛跟在後頭。

「怎麼了？」我扯著嗓子問潘剛。

他臉色不好看，沒有理我。

他們身後，有些人在泥濘中拖著一個人，身形小小的。再看，是那個陳軍師一直摟著的孩子。

孩子已經癱掉，不知死活。他們拖著他往香堂的方向去。

沒看見陳軍師，不知道他的寶貝犯了什麼錯，捨得讓廖大他們出來收拾。

勿生在身後說，「我們也去看看吧。」
他倚在門口，夜裡看不清神情。
我回去拎起劍，跟他一起朝香堂過去。

香堂火燭大亮，已經擠了不少人，還有些人陸陸續續地過來。倚山而建的香堂，有兩面都是石壁，所以樓建得很牢固。已經不少人來躲風雨了。堂前，就在廖大玩玉妃的木桌旁邊，地上擱著張床板，上面躺了個人，是陳軍師。他披頭散髮，蓋著張被子，露出的膀子和腿都是光著的，被子上看得出血跡斑斑。兩個人全身濕淋淋地站在他身旁，手上都是血汙。

廖大先走到了堂前，潘剛跟在後面。那個孩子扔在陳軍師旁邊不遠的地方。他右手看來折了。一隻眼腫得發黑，另一隻眼半睜著。原來清清秀秀的臉，已經完全走樣。擠在香堂裡的人多，都在小聲說話，一片嗡嗡聲。

廖大走到了陳軍師跟前，問道，「怎麼樣了？」

兩人囁嚅地回道，「都照陳軍師說的做了。香灰也撒了。」

廖大又看看陳軍師，「聽得見說話嗎？還行嗎？」

陳軍師的鬍子翹著，呻吟了兩聲，好像回了什麼。

廖大說，「行。這辦得到。」然後他朝兩人問道，「東西呢？」

陪著陳軍師兩個人裡的一人趕緊從懷裡掏出一個東西。一坨東西。

廖大接過，在手裡掂了掂，朝那個孩子走去。

「你這個兔崽子。」他帶著點笑意說道，把手裡的東西拎到孩子眼前，「你哪裡不好割，把人家這裡割下來？」

孩子沒回答。半睜的那隻眼又撐開了一些，喘得很厲害。

我看出來了。廖大拎在手裡的東西，是一根雞巴，還帶著陰囊。陰囊裡不知是卵蛋還是什麼的滴垂著。

可是知道了那是雞巴，又覺得好笑，怎麼那麼一根小不拉嘰的一條。和陳軍師在地上哼哼嘰嘰的聲音湊起來，很相配。

我看勿生，他可完全沒有笑意。他很專注地看著，撥動前面的人，要往堂前過去。

「叫你每天舔，你是舔夠了啊，」廖大說著，把那條雞巴塞進孩子的嘴裡，「舔夠了也別切下來啊，你這叫人家怎麼活啊！」

孩子要吐，廖大死死地把雞巴帶陰囊往他嘴裡塞。

也就在這同時，廖大手裡一亮，是上次豁開宮女嘴巴的那把匕首。再一轉眼，那匕首就刺進了孩子的心窩。他的手法還真熟練，匕首才進去剜了一圈，血噴出來，廖大探手進去，就揪出了那孩子的心臟。

啪啦幾響。是勿生推倒了幾人，衝到了面前。看到那顆還在廖大手上蹦蹦地跳著的心，他停住了腳步。

我也推開人，鑽到勿生身旁。

潘剛看出了什麼不對，開山刀橫在胸前。

廖大看看勿生，「勿生大護法有什麼要說的嗎？這可是我們清風寨的家務事。」

勿生沒有出聲。他看著那個孩子。

我脊椎刷地一股寒意。

這怎麼弄？

我打量一下，香堂裡有上百個人，手上都拿著兵器。

勿生的阿鼻劍還只夠他揮舞，沒法真正使上用場。我一個人要對付這麼多人……

「好啦。我把他的心挖出來了，給你泡酒喝。」廖大走到陳軍師身前，揚起手裡的東西給他看看，「先養好了身子，再找別的樂子給你。」說著他忽然哈哈大笑，「大丈夫何患無屌！」

香堂裡的人聽到這句，也跟著哄然大笑起來。

地上的孩子早沒氣了，可是手腳還在一點點抽動著。

「抬下去吧！」潘剛吩咐手下。

「等一下！」勿生說。

二五 劍光再動

「什麼事？」廖大問道，一面把手裡那顆還在動彈的心臟放在陳軍師身上，一面從身旁的跟班手裡接過了鐵榔鎚。

他朝潘剛使了個眼色。

全場其他人也都緊盯著勿生。

我這時也站在前排，突然覺得身後一股殺意。有刀劍輕微出鞘的聲音。

「我也覺得這小子太可惡了。」勿生說，表情平平淡淡的，「所以也想捅他兩下幫你們出出氣。」

廖大愣了一下，接著臉色鬆了下來，哈哈笑道，「那好，給他捅兩下。」

正要抬屍首的幾個人停下，把孩子又放回地上。

勿生走了過去，慢慢地，送出了劍。

香堂裡沒了聲音，大家都在看勿生。

劍尖碰上了孩子的心窩。

勿生把劍送進去。劍尖一點點沒入心窩的窟窿。

我聽到噗一聲，劍往孩子身體的深處更進去了一些。

雖然是死掉的人，我心一跳，差點不由自主地叫出來。

黑鈍沉重的阿鼻劍，插在瘦小的身體上，顯得不是一般的大。

我看勿生，仍然沒有表情，就像屠夫在宰一隻小雞一樣。我似乎看到他眼角有什麼閃動了一下，又似乎什麼也沒有。

然後，他伸出左手，兩手握住劍，閉上眼睛。粗鈍的劍繼續一點點刺開孩子的身體，帶著這裡那裡一點點聲音，最後聽得出來，刺穿了孩子的後背。

廖大和香堂裡所有的人，都在聚精會神地注視著。

哈哈哈哈！廖大高聲大笑起來。雖然不知道為什麼，聽他連聲說了好幾個「好！」

連躺在地上一直哼唧的陳軍師，也朝這邊半睜了一下眼。

香堂裡其他人也跟著發出了些聲響。

潘剛臉上的神色也鬆了。

我背後感受到的殺氣也都不見了。

廖大朝勿生踱了兩步又停下。

「嘿。」他輕輕發出一聲，好像看到什麼奇怪的事。

接著我聽到此起彼落地，也有些「嘿」聲。

我自己沒有出那個聲音，可是當然也看見他們所看到的東西。

有些綠點。

一點點在劍身上出現。

在靠近劍柄的地方。

在劍鋒上。

東一點，西一點。有的大，有的小。

說是綠點也不對，是綠光。

可那綠光像是亮在劍身上，又像是從劍身裡頭透出來的。

有些地方，劍身就像透明似的。

大大小小的綠光，融成一片，逐漸，整把劍通體一片綠光。

別人不知道那綠光是怎麼回事，我可是見識過的。

我感覺到像是有陣風迎面而來。

剛才在我背後瀰漫的殺氣如果說是有幾隻蜜蜂那種聲音，現在迎面而來的像是漫天的蝗蟲。

我一面飛快地想這是怎麼回事，一面心跳得要出腔了。

廖大顯然也感覺到不對。他舉起了鐵榔鎚，「這是怎麼回事？」

廖大的話沒說完。

勿生的阿鼻劍已經撩起，帶著晶瑩的綠光一劈而下。

嚓！

哐啷！

兩聲差不多一起響起。阿鼻劍把廖大的鐵榔鎚劈成了兩半，一半落地的聲音。

「你……」

廖大出聲才說了一個字，看到自己的身子在移動。從左肩胛骨到右腰斜斜的一半身體，在往地上滑落，和他身體其他部位分家。

我聽不清楚，也不記得廖大還拿著半截鐵榔鎚的身子落地的時候，他嘴巴裡是否還說了什麼。

他分家的身子噴出的鮮血，像是開了花一樣，往四面八方噴灑。濺得勿生一頭一臉，也濺得那周遭的人一身。

但，再接下來，是否濺到都無足輕重了。慘嚎聲和血雨噴灑得無處不在。

勿生揮著阿鼻劍，一劍劈開一人，一劍斬斷一人。有人的上身，有頭，有胳膊，有腿，像是在大雨中驚飛的小鳥此起彼落。

陳軍師的跟班早已不知跑到哪裡，他自己也早忘了痛了，已經從地上爬起來要跑。勿生一個箭步向前，一劍斬下他的腦袋，回手用劍身啪的一聲把他腦袋像打毬一樣凌空擊出，咚的砸上香堂的橫樑落地。

勿生一步步走著，毫無停手之意。頭、手、腳，繼續在血中飛起。

潘剛也沒能躲過。

「勿生大護法……」他已經腳都軟了的樣子，只咕噥了一聲，勿生把他跟開山刀劈成了兩半。

我呆立著一動沒動。

勿生朝我走來，臉上沒有任何表情，像是根本不認識我。有那麼一會兒，我覺得他是要把我也劈了。

他頭上、臉上滿是鮮血，還掛了些腦漿、臟腑碎片，快步走過我身邊，繼續朝著往香堂外面嘶嚎逃跑的人追殺而去。

他只有對陳軍師多揮了一劍。所有人都是一人一劍，切成兩半，斬成兩半。

我出去看的時候，外頭沒有月光，沒有火光，漆黑中只有風吹得大，雨也下得大，還有不時閃過的雷電。

勿生一路斬殺所有他看得到的人。不分男女。

有人手裡有兵器，有人手裡沒有寸鐵。勿生沒有任何猶豫。

再厚的刀，他一切而碎。

再重的槌子，他一劈而裂。

長槍要捅他，一斬而斷。

逃得腳軟的男男女女來到懸崖邊，無處可逃，撲通跪倒一片，有人在哭嚎著「大慈大悲觀世音菩薩」。

勿生仍然毫無止手之意，劈頭又砍翻一個。

勿生回頭又揚起劍要劈向跪在他面前的一個蓬頭散髮的女人。

雷電在空中劈出一道光，我看出那是玉妃！

「勿生！」我大喊了起來。忽然，也不由自主地哭了起來。

勿生的劍斬了下去。

「勿生！」我哭著大聲叫他！都沒有聽見玉妃的叫聲。

他沒有回頭看我。

風雨嘩啦啦掃過，他慢慢橫劍而立，左手彈了一下劍鋒。

驀然，他仰天長嘯。

在轟隆的風雨聲中，他的長嘯聲像是飄蕩在其間，又像是混合在其中，與風雨一起撼動著天地。

一道閃電和雷鳴又劈下。

二六　人是怎麼壞起來的

那夜我們下山了。

風雨中，沒法用簍子。

勿生先往下爬，我跟在後面。一點一點地，我們來到了崖下。

崖下四散零落地躺了好幾個人。是剛才在上面逃命，不小心摔下來的。有的腦漿迸裂，有的折斷了腰，在雨水和泥濘中怪形怪狀。

其中一人的袍子散開，我過去翻了翻，找出點銀錢。

守第二道隘口的人，都不見了。看一些散落的刀槍在風中滾動，應該是聽了上面逃下來的人傳來的消息，都一起跑了。

我們沿著隘口往下走，守第一道隘口的人也都不見了。

再往下走，就是寧西王的赤雲都大軍了吧。

幾十名赤雲都的氣派就那麼大了，來個上千大軍，會是什麼場面？

還是他們已經因為風雨而撤守？

勿生毫無停頓，又跨過了第一道隘口。

我知道他為什麼敢就那麼一路走下去。沒有任何人能攔住他，也沒有人敢。

直到看見一個人。

一道雷電閃過，那人的斧頭閃亮。但只剩右手一隻，左手捂著腹部。

韓飛的臉慘白，他的衣袍撕裂，大雨也沖不掉身上的血汙。

勿生走過去。

韓飛好像說了什麼，我沒聽清楚。

「是要我謝謝你嗎？」我聽勿生說。

韓飛臉上的肉扭曲著。「不必。我是為了她。」

「寧西王不是已經不要她了，才要你們放火燒山？」勿生問。

「他不要。我要。」韓飛回了一句，聲音大些。

我明白韓飛為什麼要那麼拚死廝殺了。只是為寧西王，他不會那麼賣命。

赤雲都奉命要放火燒山，韓飛拖到不能再拖，寧可自己和赤雲都殺了起來。

「她還活著嗎？」韓飛問，聲音在風雨中斷斷續續的。

「我殺了她。」勿生說。

韓飛吸了口氣，瞪大了眼睛。

「她也該死了。一條腿也已經斷了。」勿生又接了一句。

「我要殺了你！」韓飛的神情極為猙獰，右手的斧頭慢慢舉起。

勿生和他對望著。

韓飛的斧頭繼續舉在空中。

勿生慢慢走過去，推了他一下。韓飛倒地。

空中又閃過一道雷電。

我看到韓飛捂著肚子的手癱在一旁，腸子都露出來了。

我也走過去了。

是從那個夜裡開始吧，我不時會想想：人到底是怎麼壞起來的。膽子到底是怎麼大起來的？

我不知道鎮國公、寧西王，還有閻王那些人是怎麼回事，他們都離我太遠。

可是像玉妃，一個貧寒之家的女孩，比那些流浪失所的女的幸運；比那些沒有嫁妝嫁不出去，吊死在樹上的女的都幸運，怎麼成了寧西王的寵姬之後，會想出那麼多法子整人？

還有，那個廖大，清風寨的那些人，本來也都是和虎子一樣的人吧。種種莊稼，過過日子，可也都上山了，當起強盜了。

連寧西王的東西都敢搶，老百姓的就更不用說了。

可他們都該記得當初自己是怎麼過的日子啊？記得自己曾經如何擔驚受怕，走投無路的啊？怎麼就那麼只知道使壞？

勿生，我也不知道。

想起那個風雨之夜裡的香堂，還有外頭的山崖，除了此起彼落淒厲的慘嚎，就是勿生前行的身影。他的周遭不停地飛揚起頭顱、胳臂、腿、上半身、下半身。血噴得，灑得他全身都是，不是大雨沖洗，早成了血人。

雖然後來我看到殺人還有更想像不到的花樣，可是那天夜裡的所見，翻攪了我心底。

他要為那個孩子報仇是應該的。

廖大、陳師爺、潘剛等等，都是活該的人。

可那天晚上他怎麼會就那樣見人就殺，殺人就像切瓜切菜一樣？連玉妃也一劍斬下？

在那個他還沒有自稱阿鼻使者，也更不是阿鼻尊者的時候，我還可以叫他勿生的時候，就算他已經不是摩訶劍莊的大護法，也是讓人覺得溫暖，想要親近，卻怎麼會變成這樣？

我想起不動和尚說阿鼻劍的來歷，這才算體會到勿生為什麼說他駕馭不了劍的魔性，當年要把它埋起來了。

後來，我看到他的時候心底不時掠過一道陰影，最後還終於動了離開他的念頭，大概都起自於他血洗清風寨的那夜。

那天晚上，韓飛也在我翻攪過的心底種下一顆種子。

他兩把斧頭能和陌刀交戰全身而退，這番身手怎麼都能在寧西王，或是其他地方有個好出路。但是他卻為了玉妃，一個不是他能愛得了，也不值得他愛的女人，走上了一條不該走的路。

可是韓飛也叫我想到，一個男人可以為玉妃這樣一個女人付出這麼多，那我算什麼？

嬋兒，我為她付出了什麼？

韓飛拚死都要撐著最後一口氣想上山見他的玉妃，我呢？

一路雷電繼續交鳴，我昏昏沉沉地跟勿生終於走下了山。

二七 重逢

天亮的時候，我們終於找到一戶農家。拿我身上有的銀錢，跟他們換了些吃的、穿的，也住在那裡躲了兩天風雨。

勿生本來話就不多，大殺一場下山之後，更沉默了。

之前我和他在一起，總會沒話找話，那兩天，我也沒和他說什麼。

他不時會拔劍出來看看。阿鼻劍的晶瑩綠光都在，只是逐漸暗淡。

「劍又變了。」我說。

「唔。」勿生回了一句。

那兩天裡我們好像也就這麼對答了一次。

還好外頭風雨不小，屋裡兩個人沒作聲也沒至於太彆扭。

第二天傍晚，風雨算停了。隔天我們一大早就出發了。

走沒一會兒，看到一條河。

雖然太陽將出未出，天色有一半還是暗的，那條河卻好像透著光。

我快步跑到河邊，才放下劍，勿生已經過來，兩三下脫光，跳進河裡。河水還是有些冰涼，精神可也一下子激淩起來。

我們把全身血汙都清理乾淨，都臭了的頭髮也洗了一遍，披在肩上。

天大亮，風雨過後天上一片澄藍。河不深，清可見底。勿生赤條條地走上岸，去穿上衣袍，也拿起放在一旁的阿鼻劍。

他再拔出來看，已經又回歸一把黑黝黝的劍。不見鋒利的鈍劍。

勿生嗟了一聲。雙手揮揮劍。

「怎麼樣？」我問他。

他把劍往地上敲了一下，又是空心的木頭聲音。

他再給我看看左手，「可你看，傷口全好了。」

前陣子一直沒法癒合的傷口，簡直有些化膿，現在倒就是一道疤口了。疤口很寬，有些糾結。

就在此時，一個聲音在叫我們，「平川！平川！勿生大護法！勿生大護法！」

我抬頭看，路上有兩個人影。後面的很好認，一下子就看出是古岩。前面叫我們名字的，倒一時看不知是誰。

過了一會兒，才看出那是于倫！

我和于倫只見了兩次。

但是在那個字畫舖門口，寫著蠅頭小楷，沒怎麼抬頭看我，問我識不識字的年輕人，是我忘不了的。

他陪我駕著馬車，和勿生一路通關，又處處透露著俐落。

于倫的年紀和我差不多，可是我不會寫字，更沒有他的聰明。

勿生提過他沒練什麼武功。也許，那是我唯一比他強的地方？

但不管怎麼說，這時我聽到他那麼親熱地叫著我的名字趕過來，心頭也跟著一熱。

「于倫！」我叫了一聲，朝他奔去。

勿生束了髮，走上岸的時候，古岩也到了。

就在我們不約而同問起對方怎麼在這裡的時候，古岩還是最冷靜，說先離開這裡為妙。

我們一起離開河邊，趕了一陣路，終於來到一處林子，可以坐下來說話。

于倫掏出一些乾糧分著吃。

勿生急著要問他的事很多，于倫還是先從六家村滅村的經過說起。

「那天晚上，我和師父趕著做一批人家急著要的過所，到了快半夜也沒做完。」他說。

安靜的夜裡，他們在賣餅家的地洞裡也聽到上頭有動靜。于倫上去，掀開麵板，就知道大事不妙。

他去在門縫張望了一下，外頭殺聲、哭喊聲連片，火光中他看到黑衣黑甲的兵馬在左奔右衝。

于倫趕快回去告訴孫手。孫手要他躲起來。

「地洞裡有一個密室。只有師父和我知道。他叫我趕緊進去。」于倫說。

我們都看著于倫。

「我不肯，叫師父進去。可是他說，夜裡殺來了這麼多人，一定是衝著他來的。」于倫說到這裡，眼裡都是淚水。「師父說，這個時候他如果躲起來，來人一定會知道另有密室，掘翻了地洞也會找出他。不如我躲起來。」

他哽咽著接道，「他說我可以來找你，替他報仇。」

勿生緊皺著眉，慢慢點了點頭。

于倫說，他進了密室之後，裡面有個可以看外面的小孔。沒過一會兒，真有四個人找到地洞下來了。都不是黑衣黑甲，四個裝扮很奇特的人。

「帶頭的那個，個頭不高，臉上戴了個銅面具。他說自己是男道。還說不是男盜女娼的男盜，是男『道』。」

我想起自己第一次出門就遇見的女惡。而這次是男惡。看過葛文和陳軍師都愛好男色，這個戴了銅面具的人不知又是什麼樣子。

「第二個人，穿了一身黑袍。袍子上繡了一隻很大的金雀，金雀挺立在一根白玉顏色的樹枝上。」于倫說，「再一個人，戴了個圓帽子，帽緣的左邊，插了幾朵鮮花。」他再頓一下，「最後一個人，衣著打扮最普通，跟街上賣東西的沒什麼不同。可是他有一雙很大的眼睛，耳朵又長得尤其大，我沒看過長得那麼大的招風耳。」

勿生唔了一聲。「身上有金雀又有玉枝的那個人，我見過，是財惡。」

聽于倫形容，那段時間孫手和四個惡道套了不少話，也打聽出他們的名號，好讓于倫聽。

另外兩個，帽子插鮮花的那個，是香惡；大耳朵的，是聲惡。

孫手先問他們所為何來，要錢也好，要什麼都可以給他們。

四個惡道回答：是鎮國公派他們來的。說孫手造賣過所的勾當，是裡通敵國，所以要來把六家村清一清，押孫手回去。

「裡通敵國？安這個罪名！」勿生冷哼一聲，「他還真跟十八惡道有勾搭！」他沉吟了一下。「難怪我師父……方大掌門人說他查出了十八惡道和鎮國公的關係，還有他們想做什麼事。」勿生像在自言自語。

「我師父說，那他願意跟他們去見鎮國公。」于倫說，「男惡說，去見鎮國公，會受炮烙之刑，受不了那個苦。如果我師父願意交出一樣東西，他們願意放我師父一馬。」

古岩「咦」了一聲，「你怎麼沒跟我說這一段？」

于倫羞澀地望了他一眼，「這件事我只想在見到勿生大護法的時候再說。」

古岩的臉色很不好看。

「什麼東西呢？」勿生問道。

「說是一個藏寶圖。」于倫回答。

藏寶圖？我想起我自己也一直在找燕子錢東的藏寶圖。那個亂世，高官、巨富之家流落的藏寶圖不少，不知十八惡道看上的又是什麼。

我們都望著于倫。

「那是六祖惠能大師衣缽的藏寶圖。」他終於開口說了。

「什麼！」從來不動聲色的古岩，大喝了一聲。

勿生也睜大了眼睛。

只有我聽不懂。

二八 寶物

後來我央求古岩幫我解釋，又聽勿生和于倫的補充，才知道是怎麼回事。

達摩祖師東來，開啟禪宗，到唐朝武則天年代，五祖弘忍要傳衣缽，出了考題。

長年跟在弘忍身邊，修行高深的神秀答了「身似菩提樹，心似明鏡台，時時勤拂拭，勿使惹塵埃」。

遠從嶺南來，連字都不識的惠能則答了「菩提本無樹，明鏡亦非台，本來無一物，何處惹塵埃」。

最後惠能得傳衣缽，成了禪宗六祖。

古岩講這個故事，讓我屏息靜氣。我也是第一次聽說有一本書叫《六祖大師法寶壇經》。

五祖把衣缽傳給惠能之後，知道眾人眼紅，惠能身處危險，所以連夜親自划船把惠能送走。可即使如此，眾人忿忿不平，有人為神秀叫屈，有人覺得惠能根本不配得到這麼重要的衣缽。

所以有好幾百和尚下山來追惠能，搶衣缽。

「後來有個叫惠明的追上來了。惠能大師看躲不了了，就把衣缽放在一塊石頭上，自己藏到草叢裡。」古岩說。

「那他們不就拿走了？」我問。

古岩嘿嘿一笑，「就跟那把阿鼻劍一樣啊，放在地上，不管什麼人，說拿不起來就拿不起來。惠能大師那個禪宗六祖的衣缽，也是一樣，放在那裡，那個惠明怎麼拿都拿不起來。」

我見過圓慧他們怎麼想把阿鼻劍拿起來卻拿不動的樣子，所以可以想像那個情形。

接著古岩又講了後來惠明怎麼死心，叫惠能出來為他講經，還使他開悟的過程。

「啊，那衣缽真神奇。」我感嘆說。

「是啊。所以有人說，其實不是惠能厲害，而是衣缽厲害。不識字的惠態，一定是先碰過衣缽，才突然開竅。這個衣缽有開人天眼，開神通的力量。」古岩也講得越來越起勁。

有人說，衣缽裡有武功祕法，是達摩祖師留下來的。少林寺的什麼七十二絕技的，都是從這衣缽裡的武功祕法引申出來的。

還有人說，實際上惠能大師根本不是像經裡說的那樣，怎麼把衣缽放在石頭上，自己躲起來，然後說法感動了惠明，退了追兵。

「不然呢？」我問。

「惠能大師根本就一個人打幾百人，把幾百人都擺平。」古岩說。

我差點叫了一聲。

總之，因為這衣缽太神奇，眼紅的人也太多，所以到惠能大師要傳衣缽的時候，他就決定不傳了。直接說花開五葉，五個弟子都是他的傳人，誰也沒拿到衣缽，所以禪宗也就到六祖就停了，不再有七祖。

六祖的衣缽，就此不知去向。但從此之後的兩百年，稍微聽說過六祖故事的人，沒有人不想知道那衣缽究竟去哪裡了。

「沒有人不在追這件事。不管是不是和尚，是不是出家人。」古岩說。

「不是出家人也來搶這個幹什麼？」我問。

「拿到衣缽，你不識字就一下子學高八斗，一下子可以開天眼通、神通，一下子會有一個人打幾百人的武功，你搶不搶？」古岩說。

良久，勿生問道，「你師父真有這個藏寶圖？」

于倫沒有回答，說了接下來的事。

孫手說他真不知道這個東西，希望他們放了他。又說他這裡有些值錢的玉石可以拿走，還告訴他們另一個地點，說他歷年賺的錢都放在那裡。

「那個身上有金鳥玉枝的，一直在翻我師父書架，還一面說，真有些好貨。」于倫說。

但結果四個惡道都說不夠，還是追著要那六祖衣缽的藏寶圖。孫手也還是說真不知道。

于倫說著哭了起來。「那個男惡就一刀剁掉了我師父的左手。」

惡道說，孫手再裝蒜，就要剁掉他的右手。沒了右手，他就什麼都不是。

我們都屏息靜氣地聽著。

「我師父說他真不知道。」于倫繼續哭著。

接下來，他所說的情況很奇怪。

四個惡道商量起來。他們覺得孫手可能真的不知道這個藏寶圖在哪裡。有一個說那就把孫手拎回去交給鎮國公。可是男惡出了個主意。

「他最壞。他說，也別拎我師父回去了，不如剁了我師父的右手，送給一個人。」他的淚水更多。「他說，要送給勿生大護法。」于倫擦了淚水。

勿生的臉鐵青。

「接下來他說的話我就更聽不懂。」于倫說，「可是其他人一聽都說好。」

「他說什麼呢？」勿生問。

于倫看看勿生。「他說，那雲王一定會很歡喜。」

我腦筋一時轉不過來。雲王？雲王？哪個雲王？我好像在哪裡聽過這個名字。

再一下，我想起來了。

是在寧西王府的夜筵上，不動和尚不見了的那天晚上，寧西王問葛文會不會是回去雲王那裡，還把雲王跟鎮國公評比了一番。

現在這幾個惡道要把孫手的手剁下來送勿生，說雲王會很歡喜是怎麼回事？

勿生臉上的惱怒更甚。「雲王？那個雲王？」他問于倫。

于倫點了點頭，「我想就是。不會有第二個了。」

「那接下來呢？」勿生問。

于倫臉上的淚水又流下來。

還是那個男惡動手，把孫手的右手也剁了下來。男惡說他最喜歡剁人手腳，其他的交給別人。後來香惡一刀刺進孫手腰裡。

「我師父從頭到尾一聲都沒有出。」于倫說話的聲音有點顫抖。

孫手死了之後，幾個惡道在他書架上又搜了些值錢的東西就走了。

勿生臉上的怒意越來越重。

古岩則深鎖著眉頭，陷入深思的樣子。

二九　兩隻貓

後來，勿生開口了。「他們說把你師父的手送給我，雲王會很高興？這是什麼意思？不是鎮國公高興？」勿生直直地望著于倫問。

「勿生大護法認識雲王嗎？」于倫問。

我看著于倫，這個年紀比我還小的人，不但會寫字，會做過所，還知道天下事。看他和勿生對答如流，我心頭不由得湧起一股酸意。

「不認識。」勿生說。「我和他手下的人也沒有什麼瓜葛。」

我聽著他們說話，也一直在想：唐國的鎮國公派四個惡道來要把孫手抓回去拷問，這些人卻要把孫手的手砍下來送給勿生，還說晉國的雲王會很歡喜，這到底是什麼意思？

突然我好像想到什麼，憋不住就說，「我知道了。雲王是鎮國公的仇人！」

于倫看我一眼。勿生沒看我，講了一句，「雲王和鎮國公有結盟之誼，兩人是換帖兄弟。」

我一陣羞臊。真是亂說話。

就在這時，古岩猛然拍了一下自己大腿。「我知道了！」他近乎眉飛色舞。這在總是不動聲色的古岩身上，不尋常。

「怎麼回事？」勿生也揚起了眉毛。

古岩聲音有點大，「這些惡道是幫鎮國公做事，把孫手的手剁下來送給勿生，卻不說鎮國公歡喜，反而說雲王歡喜！」他的臉上帶起難得的笑容，「他們怎麼會討好雲王？」

古岩自言自語地又接道，「他們一定也是雲王的人嘛！」

「那雲王為什麼會歡喜呢？歡喜什麼呢？」我忍不住問。

古岩接著說，「鎮國公沒要他們殺孫手，他們卻把人殺了，再把手送去給勿生，這是讓鎮國公背黑鍋。等勿生知道了，豈不一定會去找鎮國公算帳？」

于倫和我都啊呀叫起來。

勿生冷哼了一聲。

古岩收起了臉上的笑容說，「所以，這是借刀殺人。勿生殺了鎮國公，那雲王就歡喜了。」他轉頭望望我這邊，「多虧你剛才說那句『雲王是鎮國公的仇人』。一句話點醒我。」

我想到自己胡亂說的一句話成了古岩想明白的關鍵，害羞又有些得意。

勿生點點頭。「不然，如果鎮國公殺了我，他們也挺歡喜的。」

古岩帶點調侃口氣朝著勿生說，「久聞勿生大護法聲名遠播，還真不知道已經遠播到中原去，連雲王都知道你，都要這麼對付你。」

勿生的眉頭繼續深鎖著，「怎麼會呢？」

中原的大人物，會這麼看重江湖裡的一個人，還在南方，讓人很不明所以。

那天我們又東一句西一句猜了一會兒，沒摸出頭緒。

接著，勿生問，「你師父真不知道六祖衣缽的藏寶圖嗎？」

于倫用力地搖搖頭，說絕不可能。他師父從來沒有說過有這麼一回事。

「那真是冤哉枉也了。」勿生嘆了口氣。

我們又問他那天怎麼出來的。

于倫的眼睛又紅起來。「等他們都走了，我出來給師父磕了三個頭，收好他叫我拿的畫，就走了。」

「他叫你拿的畫？」勿生問。

于倫說，孫手要他進密室的時候，要他帶走一幅掛在牆上的畫。

他搜了搜懷裡，小心翼翼地拿出一張去了掛軸的小畫。那幅畫上有幾隻狸貓。雖然隔著一段距離，看得出畫工很精細。

「啊？」這次是勿生出了大聲。

我們都看他。他臉上表情難以形容。

「怎麼了？」古岩問他。

勿生伸手把畫要了過去，拿到眼前仔細端量。我也湊過去看。其中一隻身上毛色橘黃，肚子露出一撮白毛的胖貓，好似朝著一棵低枝上的小鳥作勢欲撲，可眼神迷離，不知飄到哪去了。另外還有一黑一白兩隻貓，則在一旁嬉戲。黑貓蹲低，白貓朝它伸爪。

畫上沒有題字，也沒有落款。

「這是哪來的？誰畫的？」勿生問于倫。

「就掛在我師父書架旁邊的一幅畫。我問過他是誰畫的。他說看不出來。」于倫回答，「他也沒怎麼特別喜歡的樣子，就隨便掛在那裡。不知道他為什麼特別要我把這幅畫收起來。」

我回想去找孫手那一次。不記得地洞裡掛著這麼一幅畫。

勿生指了指畫的邊緣。「你看見這裡了沒有？」

他指的地方有些裂痕。

「這幅畫是撕了一半。題字和落款都在另一半上，所以你們不知道。」勿生說。

我們都望向他。

「我會知道，是因為，」他頓了一下，「是因為我看過另一半的畫。」

于倫驚訝地叫了一聲，「在哪裡？」

「在摩訶劍莊。」勿生說，「就掛在大堂。」

勿生告訴我們：從他小時候，就在大堂裡看到掛著一幅圖。圖上只有一隻貓，也是毛色橘黃，肚子上露出白毛。那隻貓的體型要更大一些，更肥一些，跳起來的樣子簡直有點像一隻老虎。非常生動，掛在牆上像是活的，隨時要跳出畫的樣子。

「我們都叫他是虎貓，可是看不出來是為什麼要跳起來。」勿生比劃著那幅畫的大小，那隻貓的樣子，「看到這幅畫，我才明白了。」他指指畫裡的胖橘貓。「我們那隻是公的，這隻是母貓。公的是朝他的伴跳過來，」他的眼神也突然十分柔和起來，「這隻母的呢，也不是要撲樹上的小鳥，是要迎她的伴。」

勿生這麼一說，我就懂了為什麼那隻胖橘貓的眼神不知飄到哪裡去了，原來是望著另一隻蹦向她的公貓。再細看，母貓的眼神也不是迷離，裡頭是滿滿的愛戀。

「這幅畫，怎麼會分成兩半？」勿生像是在自言自語，「你師父別的不說，卻叫你收好這幅畫，是什麼意思？」

這會兒古岩聽過于倫跟他說明畫裡都有些什麼之後，叮的敲了一下金杖。「莫非，這幅圖跟他們要的六祖藏寶圖有關？」

「從狸貓身上要找出藏寶圖，那可真得要參禪了。」勿生先是笑了一下，但又沉吟起來，細細打量那張圖，「我得回去看看摩訶劍莊那張畫。」

而他們談論這幅畫的當兒，我自己的心思飄到別的地方。

原來，那兩隻貓兒是要撲在一起的。但是畫撕開了，他們也分離了。

而我和嬋兒，也分離了。

嬋兒。你在哪裡？

三十 沒人的摩訶劍莊

那天晚上，于倫終於出了地洞的時候，沒看到惡道，也沒看到鎮國公的人。外頭根本是經歷了一場屠殺。到處都是火，都是死人，沒看到活口。

于倫趁著夜色逃了出來。後來聽說有人看到那晚來了像黑雲都的兵馬。

他無處可去，一心想找到勿生。因為他知道勿生去了閩國，就一路南下。

于倫會遇上古岩，是在古岩離開我們之後回唐國的路上。兩人會遇上，是因為有人看于倫是個文弱書生要欺負他，搶他腰上掛的勿生給孫手的小鳥信物。古岩出手解圍之後，摸到那隻小鳥，因為之前就知道這是勿生身上的東西，所以問于倫怎麼會在他手裡。

兩人如此得以相認之後，于倫要古岩陪他去孫手藏錢的地方看看，結果已經一無所有；路上又聽到些十八惡道的動靜，可是當真探聽起來，又是訛傳。這樣多花了好些時日。

等他們終於來到杭州，要去寧西王府找勿生，卻聽說勿生已經逃走，跟盜匪上山了。再等打聽到清風寨山下的時候，還有赤雲都在包圍，上不去。後來又是風雨。

「雨停了，我們想再來試試，」于倫的神色又開朗些，「就遇上你們了。」

古岩也問了勿生的情形。

勿生約莫說了些，要我說細的。

聽了之後，古岩說，「看來不動和尚說的沒錯，這把劍真的是要喝了你的血才會醒過來。可是每次都要割你自己，也不是個法子。」他搖頭晃腦接了一句，「出己之血以求劍醒兮，不可得。」

「幸好這次那個孩子又幫我找到一條路。」勿生說。

「找出什麼路？」古岩問。

「我還沒把劍插進那孩子身子裡，就已經在心裡禱告了。」勿生回道，他的眼睛很亮，「我跟那孩子說：我要為你報仇，請你幫我讓這把劍醒過來吧。我也跟阿鼻劍說：醒醒，幫我吧！我要殺光這裡的人。」

古岩幫我問了一句，「你有沒有想過，萬一不成呢？如果阿鼻劍還是醒不過來呢？」

「不成啊。」勿生沉默了一下，「不成，我就砍自己的腦袋。劍鈍，切不掉自己的腦袋，總還敲得碎。看它還醒不醒。」

幾個人沉默了一會兒。

「那現在我們去哪裡？」古岩問。

勿生的臉色比較平靜些，「我要去給孫手報仇。」他停了一下，看看我，「我也答應過他，要陪他去找他的嬋兒。」

從離開清風寨這一路上，想到韓飛，想到那兩隻貓，心情波動，我很想說不用你陪了，反正有古岩和于倫陪你，你去給孫手報仇，我自己去找嬋兒好了。

「我想到一個法子。」勿生說，「我先去金陵，找鎮國公算帳，也想想怎麼回劍莊再看看那幅畫。」他看我的臉色很柔和，「然後我就陪你一起去揚州，打聽嬋兒的消息。」

古岩說道，「回摩訶劍莊看看也好。反正家裡都沒人了。」

「都沒人了？」勿生睜大了眼。

「路上聽的。你師父方禮回去後，說是又要出門雲遊，不知去向。你大師兄也跟著下山，不告而別了。」古岩說道。

勿生聽得臉色很沉，後頭一句話尤其讓他吃了一驚。「我大師兄！勿語？」他一臉不可置信。

古岩點點頭，「沒錯。」

「他去哪裡了？」勿生問。

「沒聽說。」古岩回道。

勿生的焦急溢於言表，「那其他師弟呢？」

古岩說，「也沒聽說。都還在吧。」

勿生起身走了幾步。「好。那我們先去劍莊，再找鎮國公。」他又轉頭朝于倫說，「那你就跟著我吧。」

于倫用力地點頭。「謝謝勿生大護法。」

「都自己人了，不用客氣，」勿生說，「我不是摩訶劍莊的大護法了，也不是你師父，叫我勿生就好。」

我們這樣來到了金陵。

有于倫在，一路上沒有過所能難住我們。

雖然已經見識過長樂府和杭州，一個是閩國，一個是吳越國的首府，但是和金陵相比，又截然不同。

我也雖然在鄱陽長大，常看江水湖水，可是到了金陵，看眼前的長江，又是另一番氣派。

儘管已經看過東海之大，錢塘拍岸的浪潮，可我看長江的體會又不同。海是開闊的，包納天水。長江不是海，但是在陸上能寬到一望無際，讓我感受到一種雄渾的力量。不顧一切險阻，奔騰至海的雄渾。

摩訶劍莊，就在金陵城外，傍在長江邊上一個高崖之上。

三一　我也出去一趟

摩訶劍莊在高崖之上，底下倚山傍水，一大片肥田也是他們的，分租給人收成。

雖然說是良田，可勿生說鎮國公根本不缺這個，搞不明白圖的是什麼，想要拿下。

路上講起摩訶劍莊，勿生心情都很好。但真到了山下，他顯然是近鄉情怯，躑躅不前了一陣子才過去。

摩訶劍莊在山下也有住馬亭。住馬亭的人看到勿生，差點沒跪下，淚流滿面。勿生也情緒起伏，十分激動。兩人說了幾句話。

也在這時，我們看到勿生臉色一變。

「怎麼了？」古岩目不能見，也感受到氣氛。

「鎮國公的人在上頭。」勿生說。「說半個月前來了一趟，今天又來。可能快要下來了。」

我的心怦怦跳起來。

「你跟我上去一趟。古岩，你跟于倫在底下吧。」勿生說。

我們兩個上去。勿生帶我走一條常人不走的路，繞到了摩訶劍莊的後山。

日頭偏西了。

我看著山下長江的波光掠影。江面像是一條條細微的光鍊編成的，風一吹，光鍊就變出不同的光影。

摩訶劍莊倚山而建，重疊好幾進，從高處看下去，更顯氣派。

這時有人竄上前來。「勿生大護法！你怎麼會在這裡！」他小聲說得很急切。

那人叫老黃，是劍莊清掃也打更的，很快地帶我們從後門進去，進了他一間小屋。

聽老黃說，方禮是三個月前回來的。大家看勿生沒有一起回來，心裡都很悶，哪想到方禮緊跟著說要出趟門遠遊。

方禮六十大壽的時候，他就說要傳掌門之位，後來沒見下文。之前大家都在揣測他在勿語和勿生之間拿捏不定，可勿生走了之後，傳給勿語再理所當然不過，不知道方禮為什麼還是不作聲，只對勿語說了一句「你好好看家」就又出門了。

我想起在智覺寺，勿生還特別跟方禮說過回來應該把掌門之位傳給勿語，不知道方禮心裡想什麼。

「那勿語怎麼會不好好看家，也走了呢？」勿生問。

老黃說沒有人知道。而且勿語走得更絕。人走了，只是在房裡留了張紙條，上面寫了六個字，「我也出去一趟」。

勿生聽得眉頭深鎖。

我知道他的心事。離開摩訶劍莊的時候遭到暗算，他覺得和方禮跟勿語脫不了干係。不過這時候這些事情好像都不在他心上。

「那現在是誰看家？」勿生問。

「是勿痴和勿怒兩個，一起。」老黃說。

勿生又皺了下眉，緊接著問道，「鎮國公的人來是幹嘛？」

老黃說他不知道。別人也不知道。

每次來，都是勿痴和勿怒兩個人跟他們關起門來談。

「前幾個月都沒來。最近接連來了兩次。」老黃說。「今天又來了老半天。」

這時聽到一陣人聲，等一會兒又安靜下來。

老黃出去確認人都走了後，勿生說，「我要去看看。」

我們走出老黃住的角落，才剛往大院走，就看到一群人過來。

為首的，人黑黑的，環眉豹眼。

另一人，長得很白皙乾淨。

我想找法場上見過的那個年輕人，卻沒看到。

幾個人看到勿生和我都愣住。

「二師兄！」長得白皙乾淨的那人說道。

勿生唔了一聲。

「二師兄，看到你沒事，太好了！」環眉豹眼的那人說。「這幾個月，各種稀奇古怪的傳聞，聽得我們不知如何是好。你沒事真是太好了！」

其他幾個人也都一起應著。

「二師兄，進大堂說話吧。」環眉豹眼的人繼續說道。

勿生停了一下，點點頭，就還是先起步往大堂走去。

摩訶劍莊的大堂，比我們在寧西王府住的那棟樓的大廳還大些。

大堂中央的匾額上，寫著「摩訶」兩字。蒼勁有力。

傍晚的夕照進來，大堂裡很明亮。

我看四周，有些書法條幅，可沒有勿生說的那幅虎貓畫。

大家坐定後，一時無語，都看看勿生，再看看我。

勿生淡淡地說道，「這一位，是我的同伴。我都叫他勿離。」

我的心頭一熱。勿生沒有把我當弟子看，沒有把我當隨從、跟班看，給我取了和他們師兄弟同樣「勿」字起頭的稱呼，卻稱我是「同伴」，讓我飄飄然。

「勿痴，我問三件事情。問完就走。」勿生朝環眉豹眼那人說。「第一件事，方大掌門人出門，有沒有說什麼時候回來？」

幾個人聽勿生沒有稱方禮是師父而是掌門人，有些騷動。

「沒有。他只說要出遠門。不知何時回來。」勿痴回道。

勿生又問了他時間。我算了一下，大致就在我們進了杭州不久之後的事。

「那勿語又是什麼時候走的？」勿生再問。

大概是方禮出門後一個月的事。

「可勿語走了，勿貪也不見了。」勿痴說。

勿生又大感意外。「勿貪？勿貪也不見了？」

我想起上次在法場見過，這次沒看到的那個年輕人正是叫勿貪。沒想到他也失蹤了。

「這叫勿慢說說。」勿痴轉向那個臉色白皙的人。

勿慢說，勿貪就住在他隔房。就在勿語走了之後的第二天早上，勿貪一直沒出來，他進去看，已經沒有人了。不像勿語還寫了幾個字，勿貪什麼也沒說。

「所以，他們兩個不是一起走的？」勿生問。

「不大像。」勿慢回道。其他的師兄弟也都一起點點頭。

勿生起身走了幾步，輕描淡寫地說道，「咦？牆上掛的那幅虎貓畫呢？」

勿慢回道，「噢，上次你走了之後，師妹就從洛陽派了人來，說她想家，想拿這幅畫。師父就送她了。」

我心底猛的一震。

怎麼說巧不巧，這個節骨眼上方禮已經出嫁的女兒怎麼會派人來要走了這幅畫。這兩天本來想來摩訶劍莊怎麼取畫，暗地鬧騰的心思，一下子煙消雲散，更莫名地沉重起來。

勿生看來倒很鎮定。他只噢了一聲，等一下又問道，「那鎮國公的人又一再來做什麼？」

「之前他們是來要地。山下的田，連摩訶劍莊都要。」勿痴說，「可是師父出門了之後，卻改了口。」勿痴回道。

勿生望著他。

「山下的田，他們不要了。摩訶劍莊，他們也不要了。」勿痴說，「可是要我們所有的人下山住一個月，說是幫我們清掃清掃就可以。」

「黃鼠狼給雞拜年，不安好心。」勿生哼道，「哪有這種事。」

「是啊。」勿痴回道，「我們婉謝。他們就還挺客氣地說，知道師父出遠門，沒人當家，要我們多議論一下。所以今天是第二次來了。」

「還是這麼說？」勿生問。

「對。不過，今天說得比較硬了。不管我們同不同意，再半個月就得搬了。」勿痴有些黯然地回道。

「二師兄，你回來帶我們。要真離山一個月讓他們來清掃，摩訶劍莊以後在江湖上也無顏見人了。」另一個人在一旁有些慷慨激昂地說。

勿生搖了搖頭。「我已經是離開師門的人。談不上這些了。大家好自為之，今天就告辭了。」

三二　打探

那天我們下山，在山下的住馬亭借宿了一宵。

勿痴很貼心，下山的時候要送勿生一筆盤纏。勿生堅辭不就。

古岩和于倫聽了貓畫不在劍莊，方禮女兒取走，也都大感失望。

大家也都好奇鎮國公要來清掃摩訶劍莊一個月做什麼。

「只能說他們是來搜什麼東西。」古岩問，「你想得出是什麼嗎？」

勿生搖搖頭。「摩訶劍莊要說寶，就是我師……方掌門人手上那把摩訶劍。還有，就是劍法。」他說，「沒什麼別的啊。」

「會不會有什麼你們不知道的寶物？」古岩說。

勿生搖搖頭。「說不過去。我們住了那麼久都不知道，怎麼會輪到他們知道。」

「那也說不準。」古岩問，「你們劍莊建好了多久？」

「有五十來年吧。」勿生說，「我記得我師父說是他五、六歲大的時候，師祖建的。」

我和于倫都在仔細聽。我看他這時側了下頭，想什麼。

突然，他低叫了一聲。

「不妙！」勿生看看四周，壓低了聲音說，「萬一他們要找的，就是那幅虎貓畫呢？」

我看其他人也都為之一驚。

勿生的臉上十分陰沉。「這下子，可不要我師妹成了懷璧其罪了。」

我聽不懂這句話，厚著臉皮要于倫說給我聽。我這就也跟著沉下心來。

這陣子大家雖然都沒說，可是心底應該都在揣測于倫手裡那半張畫，是不是跟十八惡道要的六祖衣缽藏寶圖有關。如果真是的話，方禮的女兒手上拿的是半張藏寶圖，凶險可知。

「算了，」古岩說，「也別瞎操心了。想不明白也別傷神。」他要準備睡了的樣子。

「不行。」勿生說，「起碼我要知道鎮國公來要摩訶劍莊到底是怎麼回事。搞明白，我才知道當初到底是為什麼非要我頂罪不可。也會知道是誰出賣了我。」他停了一下，「可這要怎麼打聽呢？」

我突然冒出了一句話，「去鎮國公府上打探一下呢？」

「你？」勿生看我。

「我夜裡去一趟。」我說，「鎮國公府應該不會比寧西王府更大吧。在寧西王府都住過了，不怕找不到路。」

這下大家都在看我。接著于倫說了。

「我可以幫你找到鎮國公。」他慢條斯理地說。「鎮國公是搶了以前另一個皇親溫陽侯李豐的宅子。我手上有那個宅子的地圖。宅子裡有個密道，我知道可以從城外進去。」

屋子裡燒的燭火嗶剝了一聲。

「什麼時候去？」勿生問。

我說越快越好。就明天。明天叫于倫帶我進城。

勿生也問他要不要一起去。

「那個夾道很小。一個人去比較好。」于倫說。

「再說，你的劍現在還是不聽話。」我加了一句。

「就叫勿離去吧。他現在的身手應該可以應付。」古岩說。

三三 鎮國公府

我貼牆而立。

雖然是夏夜，石牆的涼意透衣。

于倫說的夾道，寬窄剛好夠一個人。

我正透過暗孔向外張望，把氣息放得很輕。可千萬不能弄出丁點聲響。

牆上的洞很小，方位剛好打量外頭的大堂。

大堂樑高少說有三丈。

遠端有一座近乎人高的大鼎，火光騰躍，看著都熱氣炙人。鼎前，排了筵席。和我在寧西王府看過的比起來，沒有那麼奢華鋪張，相較之下有些冷清，可是別有氣派。

上首是一張高大的榻床。

榻床左右兩側，各有五、六個高髻華裳的女人坐在凳子上，捧笏、吹笙、彈琵琶的都有。還立著一張鼓，一女束手而立。

奏樂的女人都垂眉低目，不見神情，但樂聲歡愉。

樂伎再外頭，榻床兩邊各站了六名持槍、帶刀的侍衛。

榻床上，一個赭袍人，冠戴整齊，斜倚而臥。看得出面色黝黑，濃眉，細鬚。

座前一條長几，不見菜餚，只有一個像是香爐的東西，一個潔白如玉的盤子，和一雙銀筷。他身後兩個女人。一人在輕搖長扇，一人在輕捶他的腰腿，和那些吹彈的樂伎一樣，也是低眉垂目。

榻床下首，賓客分列左右兩排。每排有六張小一些、矮一些，夠兩人坐的榻床。賓客的衣冠都高潔華麗，或蓄髯，或留鬚，每人身邊都坐了一名華裳麗人。床前各有一張桌几，上面酒餚豐盛。

傍在賓客身旁的女人，各自為他們勸酒進菜，笑語殷勤。

主人沒有卸冠，賓客也都大半矜持，也有人的手已經輕撫在身邊麗人的腰上。

這就是一副高官貴族歡筵的場面，可總覺得哪裡有些彆扭。沒看到端菜送酒的侍女在四周川行不停，一個個榻床後面立著侍衛，侍衛手裡又不見兵器。

突然，高床上的人指了指底下，開口說了什麼。然後他身旁的女人往底下傳話，又有人鼓掌叫好。

騷動中，左側席上有人站了起來。

他揚聲說道，「鎮國公有令，在下哪敢不從。」

這個人長得不高，身材圓圓的，穿著一身竹綠色袍子，戴了個輕冠，臉上也一團和氣，笑咪咪的。

他身旁陪坐的女人也起鬨說了什麼。

絲竹均歇。

接下來，男人清了清喉嚨，只聽竹音又起，男人裊裊繞繞地拔了個音，搭著樂音唱了起來：

手裡金鸚鵡，胸前繡鳳凰。偷眼暗形相。不如從嫁與，作鴛鴦。

真沒想到，一個圓圓團團的男人，聲音卻比女人還柔軟婉轉。

他歌聲才落，滿座都鼓掌叫好。

矜持的人也都比較放鬆了，大家都和身旁的麗人交頭接耳地議論。把手撫上美人腰的，現在更多了。

高床上的鎮國公又開口說話了。這次聽得很清楚。

他的聲音跟他的濃眉不太一樣，透著些慵懶，「林敬祖大人果然不虧『圓飛卿』之名，把溫飛卿這首〈南歌子〉唱到頭了。」

大家都交相說是。一陣熱鬧，襯得林敬祖的臉更圓了。

鎮國公等大家聲音都歇，說道，「那再來一首吧。」

林敬祖聲音透著喜意回問，「請問鎮國公這次想聽什麼詞牌？」

鎮國公想了一下，問他身旁捶腿的女人，「你說呢？」

女人小聲回了。

鎮國公又說道，「她說還是請林大人再唱一首長一點的，就溫飛卿的〈酒泉子〉吧。」

林敬祖清了清喉嚨，說，「好。那我就來唱這一首。」

不像剛才那麼歡喜，這次他的聲音和配樂都有點幽幽怨怨：

羅帶惹香，猶系別時紅豆。

淚痕新，金縷舊，斷離腸。一雙嬌燕語雕梁，還是去年時節。綠楊濃，芳草歇，柳花狂。

別看他體胖，圓嘟嘟的，他把這詞牌唱得滿座無聲，尤其有幾個女人都抬袖輕拂臉頰上的淚痕。

歌聲、樂聲一落，先是一陣沉寂，又是滿堂叫好。

林敬祖帶著矜持地微笑，低頭輕撫一下身邊美女的臉龐。

鎮國公點了點頭，「真是不錯。成雙成對的鴛鴦唱得好，形單影孤的燕子也唱得好。」

底下的人也都舉杯敬起林敬祖，紛紛說好。

「不過，有一點。」鎮國公說話的聲音抬高了一些，「林大人唱得好，卻讓我想起一件事。」他停了一下，「今晚各位酒過幾巡了，可我自己還沒吃東西呢。」

三四　上席

隨著他的話音停下，大堂安靜了一些。有人手在女人身上繼續遊走，也有人停下杯箸，凝神聆聽。

林敬祖則是有狐疑之色。和我一樣，他也在揣摩這話是什麼意思。

鎮國公接著說，「大家都知道我特別愛吃一口。現在輪到我要享受一下了。」

林敬祖鬆了口氣的樣子，「鎮國公愛吃鵝肝，總要留到最後一道菜才上，遠近皆知。」他說完，撩了下袍擺，想要坐下。

鎮國公說道，「先別坐，等一下。」

林敬祖僵在那裡。他個子本來就不高，剛蹲了一半，現在不坐不立的，顯得更團團的。

鎮國公輕笑了一聲，「其實，我身邊的人知道，鵝肝好吃，還有比鵝肝更好吃的哩。」

酒席上又起了一陣聲音，一些人交頭接耳地好奇起來。

林敬祖慢慢又站直了身子，臉上神色完全沒有了剛才唱詞時候的怡然自在。

鎮國公床下的侍衛有人揚聲說道，「上席！」

一陣步履窸窣之聲。大堂外頭，八個高大的漢子抬了個沒有蓋子的大盒子走了進來。

大盒子在左右兩邊座席中間的空地擺下。

盒子大約有八尺見方，深有三尺，擺下後，離兩邊客席還各有三四步距離。

然後有人帶了大包大包的東西進來，往盒子裡倒下。

嘩啦啦的。是沙子。抬盒子的大漢裡，有兩人拿著亮晃晃的鏟子在翻攪沙子，很快就鋪滿。兩人把沙子再翻攪幾下，重新拍平。看來沙子鋪得鬆密剛好。

接著又是八名高大的漢子，抬了個架子進來。

架子是個大字形，長寬也是各有約莫八尺，高有五尺。不知是什麼木頭，色澤暗紅。幾個邊上都吊著繩索。架子擺進盒子，大字五邊支柱剛好抵住盒子邊緣，深插在盒子沙堆裡。

兩個鏟沙的人走到盒子兩旁站定，雙手把鏟子環抱在胸前，臉上不見任何表情。

「請啊。」鎮國公望著林敬祖說。

林敬祖一直勉強掛在臉上的笑容僵在臉上，不知該怎麼形容那扭曲的表情。連傍著他的女人都瑟縮在一邊。

抬架子的人裡，有三個人朝林敬祖走過去。

「請？請……請問請什麼？」林敬祖擠出了一句話。

「請上架啊。」鎮國公說。

林敬祖一下子癱軟。但就在他還沒倒地之前，已經來到他身後的三人伸手，俐落地把他扶起。兩三下，就把他連抬帶拖地拉到架子前。

我聽到筋箸落地，酒杯摔碎的聲音，還有一具琵琶失手落在床板的回音。

三名大漢動手迅速，幾下子就把林敬祖的冠帽、外袍、內衣都剝光，露出一個赤條條的矮胖子。他整個人圓圓團團的，肚子沒顯得多大，可是底下除了點黑毛看不見什麼東西，顯然更小。

他們再一扛，抬頭抬身子，就把林敬祖端上了架子。手腳都用架子上的繩索綑了個結實。

林敬祖早已經不是那個把溫飛卿的詞唱得輕柔婉轉的人了。他大概是嚇呆，沒什麼掙扎，連話也沒說，只是一直發出「啊啊啊」的聲音。

等到他手腳都綁緊之後，驀地「噗哧」一聲。他的糞尿失禁，嘩啦啦地拉出。站在盒子旁邊胸抱銀鏟的人，很快伸出鏟子攪拌盒子裡的沙，把糞尿翻動到底下。即使沙子很快蓋過林敬祖撒下的屎尿，兩邊客席上還是傳來乾嘔的聲音，也還有一人真的吐出來，吐在身旁的女人身上。

「聽過中國有個人，名叫趙思綰嗎？」鎮國公不知是對林敬祖，還是在座的其他人問了一句。

咕咚一聲。

有人捽倒，昏了過去。

「趙思綰好吃人膽，說吃了一千個人膽，就可以膽大包天。」鎮國公輕輕柔柔地說著，「有一天，我想嘛，我愛吃鵝肝這一口，也算是吃到頂了，卻從沒嘗過人肝，所以就試了一下。」

現在他說話聲音不必大，也聽得一清二楚。只有鼎裡火焰在翻騰的聲音，還有林敬祖的咦咦唔唔之聲。侍衛已經在他嘴上綁了條紅帶子。

兩邊客席上，嘔吐的人已經不吐了，只在大聲喘息著。

「後來我發現，這裡面還真有門道。」鎮國公繼續說，「要吃人的臟腑，心是最鮮活的。可是心剜出來以後，人也就死了。這就沒有意思。」他說著，手在幫他捶腿的侍女腰上比了一下，「可是肝就不一樣。肝可以片下來。一片片片下來，手藝好的，把整個肝吃了，人還有氣。這才有意思。」

林敬祖在架子上沒怎麼動彈，可又拉了些屎尿。這次沒什麼東西，很快只有點點滴滴的落在沙上。兩名大漢又攪拌了盒子，把沙子翻上來蓋住。

「現切、現烤、現吃，人間美味。就可惜往往拉得屎尿熏天，壞了氣氛。」鎮國公的手摩挲著侍女的腰，朝門外揚了揚頭，「所以真得感謝焦二十三，想出了這個蓋沙法，把臭味道都遮住了。」

客席上，又有女人昏過去。

現在大堂裡已經沒有任何說話的聲音了。只有一把胡琴還在輕拉著剛才的曲子，隱約地迴盪著。

一個人從大堂外走進來。

他戴的襆頭有些奇特，袍子也不像席上的人華麗。我只能看見他的背影，身材瘦小，雙手拱在袍裡，腳步輕盈，去到林敬祖的架子旁邊。

「林敬祖，我看你身材矮些，胖些，可又沒那麼胖。這種肝，有點肥又沒那麼肥，可能正合我的口。」鎮國公說。「怕你等一下痛得聽不明白，你想不想知道我怎麼想到要嘗嘗你的肝？」

林敬祖唔唔地幾聲，手腳在架上扭動了幾下。

客席都呆若木雞。

三五　焦二十三

「看你們這些吟詩唱詞的人，一個個嘴裡說得好聽，唱得好聽，腦袋卻漿糊一團。」

鎮國公輕笑一下。

林敬祖在木架上掙扎，綁著紅布條的嘴唔唔地發出幾聲。

「說你腦袋漿糊一團，不服氣嗎？」鎮國公說。他伸手拿起几上的酒，一飲而盡。身旁的侍女又幫他斟上一杯。「我一直希望陛下不要只是偏安，趁著中原大亂之際，有機會就揮師北上，回復大唐光輝。」他停了一下，「不做此想，光是在江南立個唐國旗號有什麼意義？」

林敬祖這次大聲地唔唔。

「我給陛下收集天下煉丹妙方，長生不老的壽方，就是希望他相信我，支持我，立下不世之功。」鎮國公說，「可是你們這些迂腐之徒，偏偏要勸他要跟中國締和，不要妄動干戈。」

他說話本來一直輕柔，這時聲音逐漸大起來，「你們又說要打也是先往南打，把閩國併了。可知道閩國只是疥癬之疾，中國才是大患。去打閩國，如果中國乘機南下，我們就腹背受敵，何等凶險！」說到最後一句，他拍了一下身前的長几。

「亂世總會一統，不是我們統人家，就是人家統我們。尤其北邊。中原已經亂了幾十年，光想等著看他們好戲，只怕人家整理好局面，可不會就此罷休，我們唐國遲早得滅在他們手裡。」

席上有一個人不那麼僵了，想要起身說話，被身後的侍衛一把按下。

「你林敬祖大人在陛下面前整天說仁民愛物，可不知道這會害得我們唐國將來沒有立身之地。」鎮國公輕嘆了口氣，「到底是中國的什麼人把你買通了？還是你腦袋像漿糊一樣？我要取你的肝來嘗嘗，看看是怎麼回事。」

林敬祖還是咿咿唔唔，扭動著。

林敬祖在架子上攤開來之後，從我這裡看，總算可以看到他光溜溜的下體那一叢陰毛裡，好像有那麼一小團東西。不知道他是天生的小，還是嚇得縮成這樣。

「今天侍候你的大師傅啊，叫焦二十三。」鎮國公說，「你們可不知道這個稱號的由來吧？」

他帶著得意的眼神環視了客席。

「焦二十三啊，就是他有辦法把你的肝切下二十三片，你還可以不死。」鎮國公又恢復了輕柔的語調，揮了揮手。「開始吧。」

架子旁邊的焦二十三，脫下了袍子，只剩一身短衣。
他左手有什麼東西在火光下閃過一道寒芒，是一把略長的匕首。
焦二十三走近架子。因為個子不高，手肘正好在林敬祖腰間。
他端詳著林敬祖的身體，伸出右手摸摸肚子，摸摸腰，來回摩娑。
我看到林敬祖急劇地哼唧著抖動起來。這次抖得很大，我終於看見他那小小的一點東西在陰毛叢裡顫抖得微微揚起了頭。
接著，焦二十三左手的匕首，細尖的前端輕輕往下一滑，溜進林敬祖的腰裡。

我沒聽見林敬祖什麼慘哼的聲音。
不是因為他嘴上綁了布條。而是就在焦二十三匕首溜進他腰裡的剎那，鎮國公榻床邊上咚然鼓響，一直束手而立的女人終於敲出第一聲。接著其他的歌伎笙笏齊作，奏起了歡愉的樂音。
林敬祖肚子雖然不大，但是肉也不少，躺在那裡，肚子上的一圈肉還是挺清楚的。我說那把匕首是「溜進」林敬祖的腰間，是因為看不出焦二十三使了丁點的力，就把刀子送了進去，像是切豆腐一樣的滋溜滑了進去。

林敬祖的抖動更大，高床上的笙笏鼓樂伴隨著更騰高。

兩邊席上的男女。有人早已昏厥，有人還呆坐著，有人軟癱。

焦二十三停了一會兒，把豆腐慢慢割開。

我看得比較明白了。他為什麼要慢慢割開。

他要割活肝，不能破壞了臟器，也不想弄得一身血汙。一點點慢慢割開，血不會噴出來，可以往下流進沙盆。剛才拿鏟子翻鏟糞便的侍衛，現在又翻鏟起從架子上嘩嘩地流下的鮮血。

焦二十三像是在豆腐上刻出一朵花般，在林敬祖的腰間開了一個相當整齊的口子。

林敬祖的四肢在抽搐著。

另一名侍衛端著一個銀盤，走向焦二十三。

從我這裡，看不出他把林敬祖的肝片去了多少，但可以數出一共先片了三片。片得都很薄，正好是吃涮肉的厚度。

銀盤端上了高床。

現在不只是吹打樂器，還有個女人幽幽繞繞地唱了起來。還真巧，唱的正是剛才林敬祖唱的：

手裡金鸚鵡，胸前繡鳳凰……

焦二十三的手好像在慢慢地切著，卻又很快地一片、兩片地就割了下來。每割一片，就有人端著銀盤過來盛上，端到客席上。兩邊客席十二張榻床，每床一片。

我看林敬祖的手腳還都在抽動。還沒斷氣。焦二十三總共割了十五片下來，還能再割八片。

鎮國公看大家面前都有了林敬祖的肝，拿起銀筷，說了聲，「來，大家請用。一起嘗嘗。」

他從銀盤裡夾了一片，送到鼻端聞了一下。然後把那片肝放進了几上的香爐，攪動了幾下拿出來，嘗了一口。這時我才明白，原來那不是香爐，是個小涮鍋。

他又說了什麼。歌樂都停了下來。

鎮國公說，「中國貴賓千里而來，本想今晚以林大人的珍肝共享，但我剛才嘗嘗，生吃、涮著吃，都有些氣味，不甚佳。我看今晚也就不必再浪費大家的胃口了。」

席上一直僵著的人，有兩個人聽了之後都點頭如搗蒜。

鎮國公啪的一聲把筷子扔回了几上。

也就在這個時候，底下兩邊一個個榻席後立著的侍衛，突然都亮出一條白綾，飛快地往席上的男男女女頸子上一套，旋上兩圈就勒了起來。

有人還哼呼了兩聲，有人什麼聲音也沒來得及出。有人掙扎著踹倒了席上的几盤，有人只是手腳亂揮亂蹬了一陣。

沒過多久，不久前還在撒嬌的女人，不久前手還在女人腰間遊走的男人，都癱死在座上。

鎮國公轉頭朝高床上一個女人說道，「剛才你的琵琶怎麼掉了呢？是看到什麼了嗎？」

那個女人顫慄著沒出聲。

鎮國公哼了一聲，朝底下侍衛說道，「等一下再看看她，是不是眼睛還沒瞎透。」

我不禁打了一個寒顫。從遠處看這些女的都低頭垂目，神色有些奇怪，沒想到全部都是瞎子。

三六 勾結

樂伎、歌女手拉著手，魚貫慢步下了榻床。床邊的侍衛連那個擊鼓的一起，帶著她們離開了大堂。

鎮國公也下來，走了幾步，環視四周。他不只濃眉如劍，眼中也閃著光。難怪寧西王說他是個人物。

一片靜寂。只有爐鼎裡劈啪作響的火焰聲，還有林敬祖似乎仍然在間歇有一兩聲呻吟。

「還有氣嗎？」鎮國公問焦二十三。

焦二十三一直看不出臉上有任何表情。他在切林敬祖的肝，比屠戶都乾淨俐落。

「今天還可以再切九片。」焦二十三回道。

「哈哈，那你可以改名焦二十四了。」鎮國公和焦二十三說話，像是變了個人，臉上什麼表情都有了。

焦二十三仍然是沒見任何表情，只是眼睛眨了一下，然後問道，「等一下這些還是埋了？」

鎮國公搖了搖頭。「拖到遠一點地方，都燒了吧。就說是遇上火惡，叫火惡燒了。」

「火惡他……」焦二十三問。

「反正是用他們，用用他名字算什麼。」鎮國公回道，「他們幾個有消息了嗎？」

「沒有。從上次他們從六家村回來，已經有兩個多月什麼動靜都沒有。找不到人。」

焦二十三說。

「都找不到人？」鎮國公沉吟著，「他們以為我好糊弄。我叫他們把孫手押回來，他們卻把孫手弄死。我還想好好查個底細。」

焦二十三看著鎮國公臉色，沒有說話。

鎮國公輕笑一聲，「還是你先去仔細打聽一下吧，看江南這幾個惡道，和北方那些惡道，還有雲王之間，到底是怎麼回事。」他又說，「你就傳話出去，說我要他們去把北劉押來。」

焦二十三問，「北劉？那個北劉嗎？」

鎮國公點點頭，「對，北劉南孫。孫手沒了，我要他們把劉連山押來，看看他們辦不辦得到。」

「北劉和雲王的關係非同小可啊。」焦二十三說。

「沒錯，所以正好看看他們辦不辦得到。」鎮國公冷冷地說。

接著鎮國公又問了一句，「勿生的動靜如何？」

焦二十三回道，「應該到金陵了。」

鎮國公嗯了一聲，「這個人拿到阿鼻劍，還殺了血惡，本事真不小。」

「我在想，這陣子那些惡道都不見蹤影，不知是否和此事有關。」焦二十三回道。

「那要怎麼防他？」鎮國公問。

「我覺得勿生不是問題。」焦二十三說，「我已經傳話了，說殺孫手不是你的主意，動手的又是那些惡道。勿生是個明白人，他該懂得冤有頭，債有主。」

鎮國公又問，「今天去摩訶劍莊談得又如何？」

「他們說師父不在，沒人敢作主。」焦二十三說。「聽來也不是推搪之辭。」

「可是不把劍莊搜一遍，怎麼知道那個消息是否屬實？」鎮國公捋了幾下鬚。我這才看到，他左手小指上還戴了顆閃著琥珀光的戒指。

「消息即使屬實，摩訶劍莊自己看來也並不知道。」焦二十三說，「再說，我也另外想到個法子。」

鎮國公又沉吟了一下，「那我先去休息了。你們料理一下，明天找那幾個惡道來。」說著踱步走遠了。

鎮國公離開後，焦二十三指揮若定地料理了所有後事。

大堂裡所有魁梧雄偉的侍衛，看來都像是他的弟子、跟班。

「焦爺，要不要再給他一刀？」一名侍衛指指隱約還有氣息的林敬祖。

焦二十三搖了搖頭。

侍衛把一具具屍體裝進麻袋。

焦二十三自己慢步走到鎮國公剛才坐的榻床邊，伸出匕首尖，挑起一片林敬祖的肝，在火鍋裡涮了一下，吃到嘴裡。

他嗯了一聲。顯然比鎮國公的反應要好些，一副還可以的樣子。

也就在焦二十三自顧自地點點頭的當兒，他轉了個身，我頭一次看清他的臉。他瘦削的臉上有一雙濃眉，眉下的眼睛也不算小，卻是鬥雞眼。也就在他那怪異的眼睛瞄向我這邊的時候，一股寒意襲來。

我急往後閃，差點弄出聲音。

可再看，他已經在指使別人做其他的事了。

他剛才純粹是無意中瞄的一眼？

但我又覺得不是。

從整個晚上來看，焦二十三是個無謂的力氣毫不浪費的人。他不會沒有原由地朝我這個方向看一眼。

那天晚上我一直等到他們所有的人都離開大堂，大堂裡只剩下那座爐鼎在劈啪作響的時候，也才慢慢沿者夾道退了出來。

外頭夜裡還有點涼，我的衣衫都濕透了。

三七 約定

從密道出城後，我去了勿生他們等我的一個林子裡。

幾個人聽了我說的經過，好一會兒沒有出聲。

「你看呢？」古岩在問勿生。

我和于倫對望了一眼，不知他在問的是什麼。

勿生唔了一聲。「這真有點麻煩。看來鎮國公還不能先除掉。」

「啊？怎麼不能？」于倫比我還急著問。畢竟這和勿生之前的口氣不一樣。

「一來這次動手的是十八惡道，二來十八惡道後頭還有雲王這個主子。」勿生說，「真正要報你師父的仇，得循著惡道去找那個雲王。」

「可是六家村那麼多人命，如果不是鎮國公派了人……」于倫急得哽咽了一下。

「刻下北邊的晉國，東邊的吳越國，南邊的閩國，看來都很忌憚我們唐國這個鎮國公。」勿生說，「我怕，真的把鎮國公除了，讓這些人都趁心了。」

「可是鎮國公不除，你們摩訶劍莊呢？」我也急了。

這時古岩咻的把金錐朝身後擲出。

一個人影剛好躲過，金錐錚然釘在一棵樹上。

隱約的月光下，那人手裡一把匕首。

「焦二十三！」我叫了一聲。

焦二十三雖然在暗處，兩眼有神。「聽了剛才勿生大護法的話，謝謝如此明理。」他說道。「如果勿生大護法願意先去追查雲王的事，我焦二十三可以擔保摩訶劍莊先不受任何打擾。」

「你要我查雲王什麼事？」勿生問道。

「勿生大護法真要去找雲王，自然會知道。」焦二十三說。

古岩過去把金錐從樹上拔下。

「那一直查不到呢？」勿生問道。

「不會查不到。我們以半年為期。」焦二十三回答得很乾脆。

「你們到底謀摩訶劍莊什麼？」勿生問道。

「這還不能說。」焦二十三回答，「不過放心，在勿生大護法回來之前，摩訶劍莊不會再有事。」

于倫聲音悶悶地問了一句。「鎮國公會同意嗎？」

焦二十三輕笑一聲，再一閃，走了。

于倫還要說什麼，勿生把他打斷。「你放心，鎮國公的帳，我一定會幫你們算。只是目前還不到時候。」他停了一下，「還有，現在摩訶劍莊沒有真能當家的人，整個都掐在他手裡。我也要為摩訶劍莊的人打算一下。」

「那現在怎麼辦？」古岩問。

勿生看看我說，「往北走吧。我要陪他去揚州找人，再去洛陽找我師妹。現在知道許多事都和雲王有關，更得去洛陽一趟。」

古岩點了點頭。「好。那我們先去洛陽。還是分頭走。你們不用管我。」

「怎麼不一起走呢？」我問。

「我是個瞎子。你們有你們走得快的路，瞎子有瞎子走得快的路。」古岩回道。

「那我跟你走。跟你走了一路，我知道怎麼跟你走。」于倫在旁邊說。他跟古岩相處了這段日子，顯然有所感。

「我們約在哪裡見？」勿生問。

「你們先去揚州。」古岩說，「我和于倫直接去洛陽。洛陽有個金玉居。兩個月後，就那兒見。」

三八 不醉軒

我們先去了揚州。

唐末，揚州幾經戰火摧殘。但畢竟是要衝之地，商賈必經，所以屢毀屢建。加上自楊行密經營以來，後來成為唐國地盤，街坊百業興盛。

勿生到了揚州先去找一個叫喝九斤的人。那人姓何，白酒能一喝九斤，有了這個綽號。喝九斤使一把三十斤的鑌鐵槍，說是酒喝得越多，使得越順。所以也有人奉承他叫三十斤的。在揚州，他上上下下都有門道，運河碼頭上有自己的幫派，開了家酒樓兼客棧，叫「不醉軒」。

我們到的時候，向晚時分。門口的人說老闆不在，去城外忙桐油的生意，第二天回來。勿生就說先住一個晚上。

不醉軒占地不小。不像其他酒樓，比的是飛簷畫閣，不醉軒有一棟棟大小不一的亭軒，圍著小湖而建。

亭軒裡都點了上火燭。湖上泛著舟，舟上也亮著燈。湖光暮色，燈燭點點交映。

「我們取這個名字，就是客人都可以不醉而歸。」堂倌笑嘻嘻地跟我解釋。

到了酒樓，卻要人不醉而歸。「那是你們的酒很差嘍？」我問。

「正好相反。」他說，「這裡賣的都是上好的酒。好酒不醉人，劣酒才叫人喝醉。」

我問那如果喝醉了怎麼辦。

「那就繼續喝到醒過來啊。」他笑著說。

我們住定之後，勿生點了兩個歌女。

入伏，天已經熱起來，晚上的風還算清爽。敞著窗子，可以聽到遠近其他地方傳來的歡笑言語，間有琴音歌聲。

聽了一會兒，沒有人唱嬋兒的曲子。

這一路上，走到哪裡，但凡是酒樓這種地方，我們都會叫個唱歌的。

每次等唱歌的進門，也都是我心頭亂蹦的時候。

開始，以為是不知道走進來的如果當真是嬋兒，那該怎麼辦。後來有一次走進來一個青衣女人，猛的嚇了我一跳，也才明白我心底的不安，和另一個人也有份。

畢竟，我想不出嬋兒怎麼出現在這種酒樓的情景，可我在客棧裡遇見過一個青衣女人。

我只能想：嬋兒，快點出現吧。

只可惜，那一晚我們叫的歌女，既沒有嬋兒，也沒有穿青衣的。

第二天中午，喝九斤進了我們的屋子。

「勿生大護法！還真是你！」他的個子高大，面堂有點黑，看到勿生就咧了大嘴。

幾年前喝九斤跟碼頭上外地來的一船人起了衝突，要打起來的時候勿生路過，幫了他一個忙。

喝九斤急切地跟勿生打聽這一陣子的事，勿生輕描淡寫地說了些，講到這次來揚州要去「翠紅居」找一個人，要他幫忙。

喝九斤一聽，說翠紅居不在了。翠紅居的生意也不算差，可是隔鄰一家白馨樓做得更火，前些日子就乾脆出了個高價，把翠紅居買下來。

「翠紅居招牌已經沒了，有些歌女轉到白馨樓，有些散了。」他說。

我把嬋兒的模樣說了一遍，問他有沒有見過。

「你說的這種小姑娘，來來往往的是看多了。不過，」喝九斤聽完回道，「個子那麼小，眼睛又那麼大那麼靈光，好像還真沒見過。」

「那你有沒有聽見有人唱過這樣的曲子？」我把「上上飛」的調子哼了一遍。

喝九斤也搖搖頭。

我不由得沮喪起來。

「這有什麼好難過的！」喝九斤說著拍了一下大腿，「在揚州城找個人還難不倒我，明天就帶你們搜遍揚州，把這個人找出來！」

喝九斤很豪爽，我們在揚州吃的、住的、穿的他全包了，也帶我們去遍了揚州的酒樓、妓院。

之前我到長樂府晃過幾天，在杭州也出去過一趟，雖然也看過熱鬧的街景，來到揚州又是不同。

坊巷院落，官富之家縱橫交錯。店肆則茶藥衣靴，各式飲食，旗匾招展。尤其有幾條街巷，全是酒樓、妓院，張燈結綵，到了晚上，燈燭晃耀，到處都可聽到歌曲喧笑聲。

有喝九斤引路一家家進去看，又是不同光景。

從白礬樓開始，每到一家，他都會招呼老闆，把店裡的歌女、妓女都叫出來，在大廳裡排一溜，要我先認有沒有嬋兒。

也會叫我哼一段嬋兒的歌，看有沒有人會唱的。

都沒有也沒關係，他就點上一桌酒席，和我們吃三道菜，喝三杯酒就走。

這樣一個晚上能趕三家。

饒是這般，花了大半個月，揚州能叫得上名的酒樓、妓院我們還沒逛上一半。喝九斤跟我們說，這些日子他也派了手下在揚州城裡到處打探了一遍，還沒去的那些地方也去打聽過。都沒有。

也不知該怎麼辦才好的時候，喝九斤說要幫我們介紹一個人。勿生這次來揚州，一直不想見人，喝九斤說這位梁莊主他一定得引見。

他說的梁莊主，叫梁世才，做桐油買賣發了大財，在城外有幾百畝地，畜羊牧牛。不只是給當官的經常捐輸，也常放賑濟貧。

「這種年頭，有財又有德，說是大善人真不是誇他的。」喝九斤說。再過十天半月的，梁莊主要來不醉軒慶花甲大壽。因為遠近大小官員都會來，所以這一天他先來試試菜色。

梁世才臉上有點蠟黃，鼻子顯得很大，人有些乾瘦，看起來不只六十。雖然透著蒼老，他保養得好，說起話，笑起來，都中氣十足。夏天穿得密實，也不見汗。

喝九斤擺了一桌請我們，席上梁世才知道勿生是什麼人之後，先是一直說要請勿生去他莊上指教一下團練，後來聽了我這陣子在忙著打聽的事情之後，很快有了個主意。

原來梁世才的世面廣，這次花甲壽筵，揚州當地的地方官、財主來得不少。喝九斤特地留了最大的一個軒給他。

那個時候，官員也好，有錢人也罷，出去應酬，都時興帶個伶人、妓女，個個都能唱。

梁世才說，到時候他請我上去唱唱這首歌，問問什麼人在哪裡聽過，說不定就會有消息。

之前出去學給別人聽的時候，我都是用哼的，說是要在大庭廣眾前真唱起來，還真不知道怎麼唱。

只是這個時候也想不到什麼別的法子了。

三九 壽筵

梁莊主壽筵那晚，不醉軒門口人馬聲喧。燈火通明。有抬步輦來的，有坐轎來的。男的高冠華袍，女的麗服豔影。不醉軒的人迎上去打招呼，貴客的僕從應答，此起彼落的問好笑語聲，鬧成一片。

喝九斤說今天他們用的軒，裝得下一百來人。因為來的人多，加上是夏夜，所以也在軒外另外張羅了一些酒席，不是大官，不是財主，進不了軒裡的人，可以在外頭也一起湊熱鬧，有聽有樂，這叫「外席」。

他江湖中人，這幾年生意越做越大，結交的達官貴人也多，很想讓我們見見場面。他為我們從頭到腳換過嶄新的穿戴，說是梁莊主也希望我們坐在軒裡。

勿生一再推辭不要，說是千萬不要幫他引介，也千萬不能露面，坐在外席，看得見，聽得清楚就好。

外席有四桌。除了我們，都是行商。只有一桌有一個女人陪著，略有姿色。他們也都開始喝起來，看我和勿生都帶著劍，沒人跟我們搭訕。

軒裡嘻哈吵雜了好一會兒，絲竹音樂響起，接著有人唱歌，有人行酒令，好不熱鬧。說真的，在寧西王府住過那三個月，見過錦山夜筵的排場，本來不覺得有什麼好看的。可是看一會兒，也別有趣味。

在寧西王府和鎮國公府的酒席上看到的女人，姿色都很不錯。像菱姬和玉妃，更稱得上美人。可因為在王公貴族家，穿戴打扮得都很端莊。但這裡座上的女人，梳妝打扮得可是爭奇鬥豔。天氣熱了，穿得少了，雪白的胸脯、晶瑩的臂膀，在各色抹胸和高束腰裙中顯得格外勾目。

來的官員，大概是因為給一個財主慶壽，心底沒有設防，酒沒過三巡就已經卸冠，開懷而樂。

五代那個時候，伶人魚躍龍門的故事，比比皆是。皇帝寵愛伶官，後唐雄武不可一世的李存勗自己熱愛扮演伶官，最後也死在伶官之手。風氣所至，許多人家都把孩子從小就栽培歌舞、優戲，有機會能送進官府當伶官，可跟送進去當侍婢有天壤之別。許多已經進朝做官的人，也樂意有些伶人的才藝，說不定哪天就有得到賞識的機會。

所以席上不只是每個女人都能歌善舞，男人也是。大官也個個都像林敬祖那樣，不是會唱這個人的詞，就是能吟那個人的詩。

這一路上，我和勿生話不多。

到了揚州這大半個月，有喝九斤陪著，每天吃喝不斷，也沒什麼時間說得上話。

這時我看他自己喝著悶酒，不知道他是想趕快在揚州幫我找到嬋兒，還是想接下來怎麼找他師妹，找雲王。

正想著，喝九斤招手要我進軒裡去。

軒裡的絲竹之音都停了。

壽星梁莊主，和兩個剛才喝九斤說是什麼大官的人並坐在首席。軒裡的男人，除了梁莊主，端的都是衣冠不整。大都卸了冠，脫了外袍不說，喝得醉茫茫的頭髮都披散。連首席跟梁莊主在一起的大官也是。

梁莊主雖然卸了冠，沒有脫外袍。不知是酒量好，還是沒喝多少，眼神也很清醒。看見我進來，他哈哈一笑，站了起來，手裡拎著一個錦袋。

「在下今天過個生日，感謝大家贈禮、吟詩，歌唱了，舞也跳了。現在我也有一點心意，聊補餘興。」梁莊主頓了一下，「我來請這位兄台唱一首歌，請諸位聽聽。聽過之後，想起在哪裡聽過的人……」他舉起手裡的袋子，掏出一顆晶瑩的東西，「在下有這塊玉珮為賞。給點線索的，也請喝酒答謝。」

他這一說，底下的人樂了。尤其那些歌女都不是坐正了身子，就是睜大了眼睛。就算喝得醉茫的人，也都朝我望來。

剛進來的時候，還覺面紅耳赤，這時我倒也努力平靜下來。我沒看底下的人，放眼出去，軒外的湖上，有個月鉤。

我望著月亮，想著那個山林，那塊石頭，石頭上的人，慢慢唱了。

緩緩離合去

花花春日奇

嬋兒，你在哪裡？我這樣唱，你能聽到嗎？你能告訴我去哪裡找到你嗎？我們再一起回到山裡好嗎？

香濃三分

莫非你來了

後面的「上上飛　上上飛」我沒有唱。是嬋兒的歌聲美妙，我唱不出來。也是因為唱到那裡，實在唱不下去。我不忍心想到她是怎麼在這樣的酒樓裡唱的。

唱完，軒裡寂靜了好一會兒。

然後爆出一陣叫好的聲音。

此起彼落地有人叫「怎麼這就完了啊」、「再唱兩句啊」。

「你唱歌還真是挺好聽的哩！」梁世才樂呵呵地說。

他身旁的兩個人都在點頭。喝九斤更是忙不迭地叫好。

我看看外頭，軒外的火燭看得見勿生，看不見他的表情。

可是等了這好一會兒，看了這一圈，軒裡沒有人接腔說是聽過這首歌。

又是白唱了。我洩了氣。

「怎麼不去奇城試試？」外席行商那邊有人揚聲說道。

梁世才咦了一聲。我看他跟喝九斤對望一眼。喝九斤瞪大眼睛猛點了下頭，叫人趕快送酒出去答謝。

四十　桐莊

壽筵之後過了兩天，喝九斤陪我和勿生出城，去了梁世才的莊上。

梁莊主的地很大，有山林，有農地，還畜了牛馬羊。因為桐油產得多，又叫「桐莊」。從揚州去洛陽，是必經之路。他說我真想去奇城看看，反正得往北走，先去桐莊沒錯。

我們到的時候，莊外擠了好多流民，在等著領吃的。

那個年頭，不只自己有錢，還樂意初一、十五都賑災救貧，不虧是喝九斤說的大善人。

晚上梁莊主給我們接風，準備了豐盛的酒菜，言談甚歡，我也又多聽了些奇城的事。

奇城在揚州東北方不到兩百里路。

本來，奇城就是個小縣城，也不在交通要道上，可是這幾年不少人奔著那裡去，連天上地下什麼都不缺的揚州，也越來越多人去那裡流連忘返。

「奇城全靠一家叫相思居的客棧熱鬧起來的。」喝九斤哼了一聲。「說是客棧，根本就是妓院。」

妓院？揚州的妓院數不勝數，美女如雲，怎麼會有人往一個小縣城奔？

「那裡的女人長得好看不說，個個能歌善舞，唱得人魂都沒了。」梁莊主說。他蠟黃臉上的大鼻頭油油的。「還有，床上功夫好！又便宜！」

多少行商經過那裡，再也離不開，直到床頭金盡不說，周近的人為之傾家蕩產的也在所多有。去告官也沒有用，上下官府都根本不理。生意就越做越大。

「現在可好，連揚州城裡有些歌女、妓女都過去了。」喝九斤撇撇嘴，「我就不信，鄉下地方一些臭魚爛蝦能有什麼好！」

看他那不屑的神情，也難怪這一個月來，喝九斤始終沒告訴我奇城也該是去探一探的地方。

「別說什麼臭魚爛蝦，人家可是有個娘娘哩。」梁莊主呵呵笑著說。

我們問什麼娘娘。

「啊呀。」梁莊主說，「普渡眾生的娘娘。」

原來，相思居裡的歌女，雖然個個都稱得上美女，其中有個叫娘娘的才是帶頭的。也有人說，娘娘才是相思居的老闆。不論如何，這娘娘就是美，到底美成什麼樣子，難有人說得清。

「看過的人，說天仙都比下去了。」梁莊主說。

娘娘不只是貴，也不隨便接人，看得上眼的才行。可是她又做些不分貴賤，雨露均霑的布施。

「她每天會在街上揀男人。叫她揀上的，不用花錢就供吃供住，什麼都享受得上。」梁莊主說得一臉不知是羨慕還是什麼。「所以連些鄉下人也都去湊熱鬧，看看自己有沒有好命。」

我聽得真是大感驚奇。勿生也是一臉不可思議的神情。

「可是好事沒便宜的。」梁莊主又說，「真叫娘娘看上的，聽說她身上能死人的。」

喝九斤冷冷地說，「這也是普渡眾生吧。」

奇城的談興聊得差不多，梁莊主也提出件事。

梁世才雖然懂得孝敬遠近大小官員，不怕官府打他主意，但是地方上難免盜賊，莊上也養了團練。自從他知道勿生是摩訶劍莊的大護法之後，就想說什麼也要勿生幫他指教一下團練，以便將來多點本領。

他指指有五、六十人的團練。帶頭的留絡腮鬍，使一把大刀。其他人有刀有劍。梁莊主又叫人拿來一條鍊子鎖，呵呵笑著說這是他年輕時候用的東西，這兩年都快使不動了。

喝九斤那天也帶來了他的鑌鐵槍。槍身通體鐵鑄，要耍起來真得力氣。他看出我的心思，就喝了一聲掄起來，「喝得多，耍得歡！」

「請多留幾天，指教一下我們這些莊稼漢。」梁莊主說得十分熱情。「薄酬不成心意，請勿見笑。」

他又望向我，「不光是勿生大護法，也想親近親近這位小兄弟，」他的眼神非常坦誠，「為了找一個人如此情深意重，在這種年分上，可真是不容易啊。」

那天我本來以為勿生會推辭，他卻答應了留幾天。到晚上問他，勿生說，以前他出門，就常遇上這種情況。

「出門在外，拿這種錢最心安理得。」他說，「喝九斤也給我一筆錢，可終究是欠他人情。去洛陽，路上很遠，多一點備著總好。」

梁世才在莊上給我們選了個離牛欄不遠的房子住，說一早就可以嘗嘗鮮奶。

夜裡我沒怎麼睡好，等聽到五更了，就趁著勿生還沒醒，摸黑起來出去了。

外頭已經有人在清理莊園，我要他們幫傳個話，說我去奇城了，兩天就回來。

四一 奇城

去奇城的路很好走，我中午過後不久也就到了。

奇城雖然說是正在唐國和晉國交界之處，邊防應該很嚴，但是守城的瞄瞄我，也沒多問我幹什麼的，身上怎麼佩了劍，就讓我過去了。

其中一人還笑咪咪地朝我點點頭。

剛進城裡走了段路，沒見什麼特別的。

我找了街邊一個賣簍子的男人問路。他聽我要找相思居，不只說得熱乎，臉上還堆著笑。「今天都該散了吧。你來晚了。」

我問他什麼來晚了。

他看我的眼神，一副裝什麼蒜的樣子。「給娘娘來揀的啊？」

梁莊主說娘娘會在街上揀人。是真的。

我正想多問幾句，一個女人牽個小男孩挨過來，問我哪裡來的。女人二十來歲，男孩有六、七歲。兩人衣服都不破爛，可都髒了。

我照常回了一句，「鄱陽。」

撲通一聲，女人拉著小男孩跪下。

在街上，人來人往的，我不好意思，趕快問怎麼回事，叫他們起來。

「求求你看在同鄉面上，讓我們可以回家。」女人磕起頭來，哭哭啼啼的。

她是鄱陽人。郎君做生意，這趟她跟著出門回娘家一趟，路上都很平順，幾天前來到奇城就出了事。住進一家客棧，安頓好，郎君說去喝兩杯就沒回來。

等第二天再看見，就變了個人，叫她們自己回鄉，連盤纏也不給。疼得要命的孩子，也都忽然看都不看一眼。

女人去告官，沒理會。說她郎君人都好好的，沒人搶沒人殺，自己不認妻兒，那誰都沒辦法。她只好帶著孩子在城裡轉。

相思居就是那家客棧。剛才她聽我在問路，又帶鄱陽口音，就來找我求救。

梁莊主和喝九斤說行商來到這裡失魂落魄，自家寡人的路上寂寞倒也罷了，可是連帶著家人的也這樣，就太邪乎了！

我跟女人說好。反正要去相思居，也想看看娘娘，現在就帶她們去問一問。女人跟孩子聽了歡天喜地的，起身說他們帶我去。

「我郎君長得白淨，一眼就認得出的。」女人在路上跟我說了兩三遍。除了臉上有點髒，其實她自己長得也不錯。

我跟他們走著，一路聽到越來越熱鬧的聲音。

拐進那條街的時候，簡直跟進了市集一樣。人擠人。別的街都沒這麼多人，不知從哪裡來的。

各式店鋪都有，家家生意都做得好的樣子。

我也看到街上最顯眼的旗招，上書「相思居」。客棧的旗招，在風雨沙塵下通常都不免汙漬斑斑。可是這面旗子不知是什麼布做的，透著清靈的水藍色，即使在這夏天也顯得輕輕柔柔。看到「相思居」三個字，我突然覺得身上好像一鬆，就想趕快過去住下了。可這時前頭帶路的女人和孩子看不見了。給人擠散了。直到我走到相思居門口，等了好一會兒，也都沒看見他們。

這相思居的生意做得真大，寬窄有好幾家店的門面，高有三層樓。樓下門口，看來就像個客棧。可樓上，光看外頭掛著白天還沒點起來的燈籠，也知道另有光景。相思居對面，有棟兩層高的樓，沒有旗招，門口招牌上寫著「相思樓」，是賣吃的。左邊，有家「相思綢」。右邊，有家「相思藥」。大半條街都是相思字號，吃喝拉撒，簡直什麼都包了。

我先進去問問有沒有房。客棧裡人來人往，櫃台是個一身緗色衣袍的中年人。他鼻子大嘴大，模樣還不錯，就是人顯乾癟，一臉皺紋，有病色。

他一開口就說客房全滿，沒得訂。

我問他三層樓這麼大的店怎麼會連一間房都沒有。

「我們只有樓下才有住房。」他說。「後天才能看看有沒有房間可以騰出來。」

我照在揚州逛酒樓、妓院那一陣子學來的，說那晚上來喝酒聽歌呢。他也說這幾天都訂滿了。

我問他那怎麼辦。

他說城裡還有別的地方可以住，去找找看。

我出來，一面找那個女人和孩子，一面擠過人堆，進了對面酒樓看看。

外面日頭大，酒樓裡面顯得有點暗，十來張桌子也都坐滿了人。看來都是行旅，在狼吞虎嚥。

有個堂倌手上、胳臂上端了好些吃完的盤子、碟子過來。我看旁邊有個客人也走過來要撞到一起，伸手把客人拉開。以前跑堂，就怕摔碗碟，這一撞可不得了。

有道樓梯通往樓上。樓上倒有喧譁聲，聽了就知道已經喝開了。

酒樓櫃台上坐的，一看就知道是相思居老闆一家人。不是兄弟就是兒子。年紀輕，臉型跟大鼻子長得一個模子出來的，也是乾癟，神色不很好。他看看我，搖搖頭，說客人都剛坐下，還得等一會兒。

肚子餓，正想要不要等的時候，剛才那個堂倌手裡又端了些菜出來。經過我身邊的時候，他停了一下，小聲跟我說了句，「明天一早來，我給你在樓上留一個座。」

四二　熱鬧的街

那天我在四條街外好不容易找到了個落腳地方。

這家小客棧就老闆、老闆娘兩個人。店裡也沒見其他客人。老闆自己還兼下廚。

我吃得差不多，看老闆又回到櫃台，就跟他聊起來，問他那條街人怎麼那麼多，「相思居」生意怎麼那麼好。

「這啊，哼……」我聽他才哼了一聲又打住。是老闆娘朝他使了個眼色。他收住話，反問起我，「客官你哪裡來的啊？」他問。

我說鄱陽。

他先哦了一聲，「鄱陽，那真是大老遠了。」接著說，「反正啊，你別住相思居，住我這裡就對了。」

「噢？這是怎麼回事？」我裝著不知道，接著話頭又說了剛才在街上看到那個女人和孩子的事。

兩個人都搖頭。「相思居這種事多了。你就別管了。」

「那還有個『娘娘』是怎麼回事？」我又問。

「你也衝著『娘娘』來的啊？」老闆斜睨我一眼。「這……」

老闆娘一把捂住他的嘴，冷冷地說，「你再說什麼娘娘不娘娘的，你就去找你娘吧。」

天快黑的時候，我再到相思居那條街上逛逛。

人少了些。景緻又不一樣。

相思居靠街這邊，樓下客棧口點起火把，樓上窗口的燈籠都亮起。窗子有開有閉，各種樂器、歡唱的聲音有高有低，男女身影遠近晃動，有隱有現。樓下也不停地有人進去。

在晚上，相思居這三層樓就像個盛裝的美女，媚光流轉，嬌聲呼喚。光路過就叫人非想進去看看不可。

相思樓、相思綢、相思藥這邊，門口都排了隊伍。

不是客人。

都是些衣著襤褸的女人、老人家，不是自己就帶了孩子在排隊。竟然是在賑濟，發些吃的、穿的。

白天的女人和孩子不在裡面。

我過去的時候，今天要發的都已經發完，沒得發就散了。看到綢莊這邊的掌櫃是個老頭，佝僂著身子，容貌也和另兩家老闆神似，看來是祖孫三代在經營。

這也讓我對相思居更好奇了。

聽了那麼多邪乎的事，可是看他們還會發吃的、發穿的，大出我所料，也忽然覺得有點累，就想回去休息，等明天再來看是怎麼回事。

客棧老闆看我回來，就上門了。

「我看相思居那邊會救濟人，挺不錯的嘛。」我跟他說。

老闆又哼了一聲。「吃了肉，給你點骨頭渣渣算什麼。」他拿著蠟燭送我到房門口。

第二天一早，我就去了相思居。

這條街醒得也比別的地方早。來的人多，各家店舖都已經做起生意。

相思樓還沒開，相思居門口已經有人清掃完畢，正在收掃帚。

櫃台上還是那個緗色衣袍的中年人。早上看他，精神好些，長相也顯得俊俏些。

他還認得我，笑著說昨天就講了，最快也要明天才知道有沒有房。

我問他是不是老闆，能不能讓我坐一會兒。等對街相思樓開門，我就要去吃飯。

他咧著嘴笑，說他是，姓朱。

看一樓，這就是家客棧，不是什麼妓院。可也不是一般客棧。

先是很乾淨。

沒看到地上有什麼油膩、髒汙的地方。還灑了水，塵土俱平。

桌子都排得整齊。一些人在吃東西。

「我跟你打聽一個人好嗎？」我問他。

朱老闆一面在算什麼，一面應了聲好。

「我是鄱陽人，有個親戚前幾天住過你們這裡，不知還在不在？」我問。

「鄱陽人？我們這裡哪裡路過的人都有，我可答不上來。」朱老闆說。

「就前幾天。」我說，「長得白白淨淨的。」

朱老闆哦了一聲，「長得白淨的人可多了。不記得。」

「他還帶了女人，和一個六、七歲大的孩子。說是不知道怎麼就不認他們了。」我又說。

朱老闆這次想了一下，「有這麼一個人。他還把女人孩子都攆走了。」

我一聽精神來了。「是嗎？那他現在人呢？」

朱老闆聳了聳肩，「我也不知道。後來他也沒住在這裡，不知道又去哪裡了。」

看他對答如流，我正想再開口，他說，「你不是要去相思樓嗎？開門了。」

四三 臨街的窗

我進了相思樓，這時候還沒有什麼客人。

昨天那個堂倌迎上來，帶我上樓。昨天幫了他一把，加上約莫看我一身在揚州新做的衣袍還不錯，他很親切地說東說西。

樓上比樓下明亮、寬敞多了，窗子都開著。光臨街就有五張桌子，左右角落還有包間。每個包間能坐七、八個人。

堂倌年歲和我相仿，說這些桌子都有人連訂好幾天，留給我的這一張還是昨天臨時說不要的。

「連訂好幾天？」我問。

「是啊，還得輪流搶。」堂倌回我。

我問他生意怎麼會這麼好。

「你不知道？」他狐疑地看我，「你不是來看娘娘的？」

「看娘娘？」我問他，「這跟看娘娘何干？」

「不然哩？」堂倌覺得我在裝蒜，「沒錢的在大街上碰碰運氣，有錢的上來找個好位子看娘娘能不能看上眼！所以才給你這張桌子啊！」

我這就給了他一個零錢，也點了些吃的。

照理說，縣城的街道都沒有多寬，可是這條街卻就是寬些。也不是什麼節日，街上人來人往，早上就很熱鬧。

對面的相思居，高有三層樓。比酒樓這邊高了一層，可二樓、三樓的窗都是緊閉的，看不出什麼。

我吃著東西，看著街景，突然，那天，那個驛站，那家客舍上了心頭。

也是在臨街的窗口，看那個在街上頂著個瓦罐的人。

還有，那個在我對面彈著琵琶的女人。

梳著椎髻，月白色上衣，羽藍色裙子，披著青紗。

「我的琵琶這麼不好聽嗎？給別人叫好。」我想起她那很挺的鼻子，有些冷的眼神。

「別吃到身上了。」我想起把她臉上襯得柔和的幾點小麻子，笑起來會瞇彎的眼。

「我只要聽：你會記得我嗎？」她在我懷裡散落著頭髮看我，臉上混合著的淒然和欣然。

吃著、看著，快近午時。

好多人陸續上樓。

除了一兩個年紀大些，都是些二十來歲的年輕人。穿著都很光鮮，沒帶兵器，也不像有什麼身手。就是些富家子弟。

他們互相打招呼，也有人親熱地勾肩搭背，看看我，就都趕快別過眼神。

沒一會兒，桌子和包間都坐滿了。再一會兒，整個樓上，連不是臨街的桌子也都是人。

窗邊這幾桌人興高采烈地聊著昨天去哪裡吃了什麼、喝了什麼、玩了什麼。就是一些紈褲子弟的聚會。通常這都是晚上作樂的行當，他們是大白天就開始樂了。

還有一兩個人的笑聲特別尖。接著一陣聒噪，大夥都站起來。我也起來。連不臨街的那幾桌人也都擠過來。

街上有轎、馬過來，來到相思居門口停下。下轎的人高冠華服，客棧裡跑出一些人忙活張羅。我看掌櫃的也親自出來迎接。

「請問兄台哪裡人啊？怎麼也來到我們這裡了？」說話的是身旁一個年紀和我差不多的人。他挨著我，小心翼翼地不想碰上我的劍鞘。

我看他說話客氣，也就以禮相待，應了兩句。

這時候，樓下的人越來越多，比昨天下午我看到的還多了不知多少，把街上擠得水泄不通。

都是男人。大家都在仰天看什麼。

我跟著他們的眼神望去，看不出什麼。正午，日頭挺大的。相思居的二樓、三樓窗戶還是緊閉著。

我問身旁的人，這些人在這裡都是做什麼。

「啊？你不知道？」那人瞪大了眼睛，「那怎麼會來……」

他的話沒說完，擠在窗邊的其他人喳呼起來，一陣叫聲、笑聲。

街上，有兩頂轎子穿過人群，在相思居門口停下。

轎子上下來兩個女人，挽著高低不同的髻，身上有紅有綠。兩個都二十來歲，天熱，都半露了雪白的胸，也都還別了一枝頭釵。

其中紅裙上繡了許多花的，落落大方地抬頭看了看周近，才低眉淺笑，碎步走進相思居。

我身旁的人衝著她喊「小梅姐姐！」有人在叫「天仙」，又有人在叫什麼的，端的是熱鬧一團。

就在這時，街上有人喊了起來，一片騷動。樓上也有人跟著嚷了起來，「娘娘出來了！娘娘出來了！」

我順著他們叫喊的聲音往上看。

剛才相思居的二、三樓，窗都閉著。

現在我看到三樓有個窗口支開來。窗裡什麼也看不清，接著，一隻纖白的手把支窗的架子收了起來。

窗子「嗒」一聲闔上。

顯然，大家叫的是那隻手的主人。

「娘娘！娘娘！」樓上這些年輕人也拚了命地朝三樓喊。

但那個窗口再沒有動靜。

沒一會兒，所有的人都回座了。

「娘娘露過面了，今天沒等頭了！」

「明天再來！」

「別做夢啦。娘娘再選也不會選中你的啦。」

他們你一言我一語地調侃，然後就吃喝起來，又另一陣吵雜。

原來這些人等在這裡，就是為了等著看那個娘娘。他們叫的娘娘，就是梁莊主說的娘娘吧？

看來就在剛才沒注意的當兒，娘娘已經露了一下相。

她原來就住在相思居。

那些人叫起「娘娘」的口氣，有急切的、輕佻的、高亢的、親暱的，真是什麼都有。

我再看看那個窗口。

剛才雖然只是匆匆一瞥，那隻手好像就一直定在那裡。

手指很修長，豐腴恰好。在陽光下，就像一條條玉石般潔白、透明。

手的動作很柔，很慢，又很巧。只有小指挑動了一下，支窗的竿子就落下。

忽然，我心裡一陣臊熱。

像是剛才想起小青的時候。

也就在這時，堂倌上來了。「恭喜！恭喜！」他是奔我來的。
吵鬧的樓上一下子安靜下來，每個人都望向我，眼神都怪得不得了。
這時候，又有人上樓來了。
是相思居櫃台的那個朱老闆。

「恭喜啊，恭喜！」他也說。
朱老闆本來一直笑臉迎人，現在嘴裡講著恭喜，眼神也有不一樣的地方。
我聽得一頭霧水，問朱老闆恭喜什麼。
「娘娘選上你啦！」他說。
樓上翻了天，什麼聲音都有。
羨慕、嫉妒、惱怒，什麼都有。

四四
紗

就這樣我住進了相思居。

本來說好幾天都不會有房的客棧，一下子給了我房間。並且說連吃帶住，還帶沐浴，全都店裡招待。

娘娘看上了，竟然能有這種待遇，也難怪每天都有那麼多人擠在街上等她，連鄉下人也來湊熱鬧！不用花錢，還供吃供住，什麼都享受得上，這種好事！

那個小梅，帶著幾個婢女招待我。近處看，小梅紅裙上的花就是梅花。她戴的頭釵也很有意思，釵頭亮晶晶的，還掛著個藍色的小葫蘆。幾個婢女的頭上也有。

小梅叫下人做事聲音又脆又急，看我的眉眼裡卻總是帶著笑意。她們幾個人，到天黑時分已經把我上上下下打理得乾乾淨淨，還換上了合身的新衣袍。若不是經歷過寧西王府覓春、尋溪的侍候，這一會兒早就暈淘淘了。

客棧二樓的房間，燈燭都已經亮起，歌聲、琴聲不斷。

小梅帶我去三樓，看來房間都更大，裡頭更多歡笑聲。

我進了角落一間。房裡有張很乾淨的大床，牆角有個大櫃子。床前桌几上點著一根蠟燭。

小梅要我等一等。我想是吃的，但是過了好一會兒都沒有人送來，更別說有彈唱的了。

我把劍放在膝頭，盤坐在床頭。看看等一下有什麼玄虛。

別的房裡傳來一些笑鬧放浪聲。

房裡有些悶，我乾脆閉目打起坐來。

過了一會兒，我聽到「嗒」的一響。
睜眼看，櫃子在動。
再細看，櫃子的門開著，是門在微微地動。
我拿起劍和蠟燭，朝櫃子走去。把門拉開，看到根本不是櫃子，那是一道門，門裡黑黑的。
我探步走了進去。
才進去，櫃門在身後嗒的又關上，而我手裡的蠟燭也熄了。

四周一片黑暗。
我站在原地，久久不動。用所有的聽覺、感覺，來體會周遭的一切。
不像剛才房間，這裡清涼。
沒有殺機。
沒有任何動靜，我只聽得到自己的氣息。緩慢，平靜。
我繼續把氣息調得更慢、更勻。
稍微，一點點，我眼前還是黑，但是隱約有了點深淺。

我把身體往左輕微挪動一下。

逐漸，有一點光。

十分微弱的燭光。光又亮了一些。搖搖曳曳的。

我往前踏了一步。

微弱的光下，可以看得更清楚些。

這間屋子的樑看來很高，有長紗一路垂懸而下。

有風在流過，紗微微飄動。

空中有一股淡淡的，說不上來的微微的香氣。

錚然一聲。

琴音。

我循聲瞇眼望去，在微弱的燭光和微微飄動的紗中，有一個若隱若現的人影。和間歇響幾聲，若有若無的琴音，正好相配。

說不出那是什麼音樂。

但是短促、停頓，又拉長的琴音，一下下，輕輕地盪向我。

然後我看到了。

她席地而坐，撫撥著矮几上的琴，金色的袍子和烏黑的長髮流瀉在地上。

几旁立著一架燭台。燭苗在微微地波動著。

因為略低著頭，長髮又側垂臉旁，看不清相貌。但髮下、袍裡露出雪白的頸子和隱約可見溝線的胸部。束胸高裙的顏色，像是墨綠。

看得清楚的，是那雙手。

正是白天關窗的手。但是在搖曳的燭光下，不只像白天那樣潔白如玉。纖細修長的指尖，在琴弦上勾、挑、彈、撫，不斷帶起一輪輪奇異的光暈。

琴音開始的時候都很短促。短促後略歇，再接下面的音。

慢慢地，我聽出其中的曲調，宛若思念的輕嘆。

有什麼拂上我的臉。

樑上飄揚的長紗，細如蛛網，像是溫柔的撫慰。

上上飛……

上上飛……

曲調終於清楚地是那三個音了。

上上飛……

我往前走，又進了那個樹洞。

幽暗中，她在漫步而舞，或徘徊，或佇足，帶著我的魂魄四處飄移。

我隨著她的手勢，沿著樹根，上游枝葉……

進入一片銀色光點。碎小可以伸手撥亂，大得又可以攀爬而上的光點。

她輕盈地踩在光點裡。像在我觸不到的遠方，又像就在我身旁。

她的手在我身後，也在我臉旁，輕輕地撫摸著我的眉，我的鬢角，我的臉頰……

她的氣息靠近。

然後我聽到很輕很輕的一句話：

「怎麼還不來找我？」

我在空中降落了。

星星不見了。

人不見了。

琴音停了。

眼前模糊地只有那一架燭光。

「怎麼還不來找我？」

聲音再次幽幽地傳來。

這次，是燭光旁邊，琴几後面的女人說的。

她終於抬起了頭。

微弱的燭光下，我的遠近顯然出了問題。

明明就在眼前的人，好像又在好遠好遠之外。

她臉上的輪廓清晰，卻又好像模糊。

又一次，我掉進一個狂亂的漩渦。漩渦中，我又看到那雙接住我的眼睛。把我從漩渦中撈起來，又拋落山巔的眼睛。

四五 我不該那個時候出來的

嬋兒……

我叫她的名字，卻哽在喉頭。

要再說什麼，一個字也吐不出。

眼前模糊，我抬手要擦，才知道手在顫抖。

她望著我，沒有抬手擦淚。燭光下，淚水像是泛出了湖泊的河，比身上金色的絲袍還亮。

我強忍著要大聲咳出來的哭泣，卻還是發出了嗚咽的聲音。

她看我，比風中的紗還輕地慢慢搖頭。

我慢慢朝她一步步走去，推開了琴几，在她面前跪下。

顫抖著，伸出手，手卻僵在空中。

「你為什麼都不來找我？」

她還是只說這句話。

「我有，我有……」我費力地說。

「沒有。你沒有。」她說，「不然我現在不會落在這裡。」

她看著我，還是緩緩地搖頭，淚水汩汩地流下雪白的頸子。

我的手終於可以觸上她的肩頭。

也聞到空中那股淡淡的香氣更濃了一些。

「你到底出了什麼事？」我輕輕搖了搖她的肩頭。

她還是定定地注視著我，沒有作聲，淚水也繼續湧出。透過絲袍，我感受到她溫熱的身體在顫動。

我也跟著顫動得更大。

「怎麼了呢？告訴我啊。」我好不容易擠出一句。

「我在山洞裡等你，聽到外頭有聲音，」她終於一點點說了，「我以為是你回來了……」

「結果？」我急急地追問。

她抬起袖子擦了臉上的淚水。「結果是那幾個採藥的人……」

一聽到這句話，我一下子全明白了。

我好像從那個房間倏然回到了山中。

看到嬋兒從躲藏的山洞裡開心地鑽出來，要迎接我，卻撞上了江嶽說他見過採藥的人。

見過嬋兒的人沒有不是那種眼神的，江嶽說過。

那些採藥的也許就是碰巧又來了一次，也許就是存心要來看看有沒有什麼可趁的空子。

而他們就真的碰上了。

覓春、尋溪她們告訴我的，也都可以接上了。

那些採藥的不知是把嬋兒先拐賣到教坊、妓院，還是哪個貴族家，總之後來有人跟她學會了那首歌。現在，她又來到了奇城。

「我對不起……」嬋兒哽咽著說。

我伸手捂住了她的嘴。

雖然一直在找她，我從沒想過自己真能再見到她。也從沒想過會這麼近地看她。

她那是成熟的女人又是稚氣少女的臉龐。

那我不能有任何逗留，只要逗留就會陷入漩渦的眼睛。

小巧卻挺立的鼻子。

我可以感覺到她的喘息在我掌心。

那氣息像一條絲，從掌心蜿蜒著進入我的手，我的臂，溫熱了經過的每一寸地方。

我挪開了手。

也看到她的脣。

只有春天開的第一朵花才有的那種紅的脣。

脣在顫抖。

「我對不起你，我不該那個時候出來的……」

她溢下臉頰的淚水滴到我手上。

我要撫去她的淚水，摸到了她的臉。有些暈眩。

那天殺了老虎之後，嬋兒第一次牽我的手，應該也有這種震動吧。不過當時我心神恍惚，到事後才能捉摸。

但現在，從她的脣，到頰，沿著淚痕的撫摸，這麼近地看著她臉上每一方寸，聞著她身上越來越縈繞的香氣，那震動像是一道道波浪把我搖擺。

我不知道身處哪裡。

只能一把把她摟進了懷裡，緊緊地，緊緊地。

不知是要把那個剛出了山洞，霍然面對險境的女孩摟進懷裡，還是要給無法喘息的自己摟住一塊可以攀附的浮木。

嬋兒頭貼著我下巴，仍然在顫抖著啜泣，「不那麼早出來，就都沒事了……」

不，不，不……我把她摟得更緊，跟她說不要那麼想，是我不對，是我不對。我不該為了那把劍就那樣下山。

是我不對。

我也不斷地在搖我的頭。

不知何時，她的頭已經不只在我下巴。我嘗到了她眼角的淚水。更多湧出的淚水。

嬋兒，別哭了，你沒有錯，是我不對。我繼續不知是在心底還是真的喃喃地說著，繼續吻著她的淚水，沿著她的眼角、臉頰。

也在這時，我好像更迷糊了，也好像比較回過神來，有了些先前沒有的感覺。

摟著她，我的雙手、胳臂、胸、背、腹都有像絲網的熱氣在蜿蜒瀰漫。

也慢慢地，懷裡感受到有一種很特別的觸動。

像是輕如棉絮、溫暖有如春天的風。但又像是結實又柔軟，溫熱又有彈性的甕。像是風又像是甕的東西，若即若離地摩娑著我，也包覆住我，把我盛起來搖晃著。

我的身體熱起來。

我對嬋兒從來都只是能看到她就好，只要想到她，也都只是她的眼睛，她的笑容。

即使我早已從小青身上體會過女人的美好，但從沒在嬋兒身上聯想過這一刻。

我幾乎驚得要跳起來，但是手和身體卻把她摟得更緊。

我只知道自己繼續在游移，到不知哪裡。

只知道脣邊不知接觸到什麼。那麼柔軟卻不知所以的地方。我想往裡面再進去。

緩緩地，從最小的一個角落，找到游移進去的間隙。

我接觸到一丁點的津潤。

逐漸，津潤在流動中轉化為回應的吸吮。

流浪千里之後，終於回家了。

所有的思念和眷戀都合而為一。

我把她推倒，翻身坐起。外袍已經半褪。高腰束裙也解了一半。

她伸手掩住胸前，但擋不住耀目的雪白在燭光下顫巍。

我突然一陣燥熱，一股悶氣湧上喉頭。

那是最強烈的嫉妒吧。

這麼美好的女人，竟然就流落在那些貴族、教坊間，已經不知哪些男人都享用過。

我多看一眼都怕褻瀆的女人，竟然就被這些男人先……

我伸手去扯嬋兒的手。

她哭出了聲音，「平川，不要……」

我不管她，用力剝下她的袍子。

「平川，不要……」她繼續抵擋著，哭泣著。

我再一把拉住她的高腰束裙，一扯，就整個扯掉。

束裙下，她沒有其他的遮掩，只有長髮。

她整個人蜷縮，呻吟著，「不要，不要……」

我三兩下扒下自己衣袍。

看廖大硬上玉妃的時候，我曾經好奇怎麼有人能硬要強奸一個女人。但在那一刻，我心愛的女人儘管哭求著我不要，我卻就是渾身火燙，漲到不能再漲。

我不甘心那些男人竟然就樣享弄過她。

也頭一次，我突然對她掀起一股惱意，「對啊，你幹嘛要跑出那個出洞，搞得我們今天淪落到這個地步！」

我起身，撐開她的雙腿。

她慢慢停止了哭泣，眼睛在微瞇中看我，像一條光潔的羊，一條流動的玉，在微微地翕動著。

我看到晶瑩已經不在她眼角的淚水，而是在她半張開的兩腿之間。

我要進去了。

但也就在這一刻，我聽到了一個聲音。
我像是從頭到腳淋了桶冷水，猛然從她身上滾落。
「你趕著來奇城，就是要來弄弄的啊。」
燭光中，勿生站在不遠處。

四六 故事

我連滾帶爬，又羞又臊地把衣袍穿好。這也才發現剛才把劍不知扔到哪裡，也去找回。

全身火辣辣的。不知是沒熄的慾火還是羞愧。

看剛才那裡，女人不慌不忙地收身，坐起，輕拍了兩下手。

屋子的角落，有燭火亮起來。

我不得叫了一聲，「你……」

就在剛才和我纏綿在一起的地方，坐著的女人，不是嬋兒！

她像是早晨醒來，帶著點慵懶地隨手撿起外袍披上。束胸高裙則在地上。

她站了起來。

個子比嬋兒高多了，和小青差不多。

她的相貌也和嬋兒完全不同。只是過了這麼多年，我都不知道該怎麼形容她。

真是潔白如玉的女人。不只是手，臉比手還更像。

因為玉白，睫毛顯得特別長，又黑。脣，又格外地紅。

和玉白相襯的，有一種貴氣。端莊的貴氣。

菱姬也有這種氣，不像她這麼明顯。

那是一個可以看一整天的女人。

什麼都不做，一看看她一整天的女人。

我明白為什麼叫她「娘娘」了。

屋子更多角落有燭火亮起來。

又聽到一些女人碎步走動聲，提著燭籠沿著四壁靜立。有十來個人。

女人開口說話了。聲音清脆又輕柔，在空中縈縈繞繞。

「小梅，有貴客來，你們怎麼一點都沒注意到啊？」

小梅一聲不響，悚慄一旁。

「還不趕快上一下酒席？」

小梅應該是鬆了口氣，應了一聲，急急回身離開。

「不必了。你那點能耐，我也都知道了。再使到我身上也沒用。」勿生說。他冷冷的聲音一面讓我更清醒，一面也讓我更羞愧。

「不吃酒，喝碗茶湯也可以。」女人回了一句。

她漫步往一個牆角走去，身上只有那件金袍。袍下遮不住的大腿透露著晶光。

「那你來找我是為什麼呢？」她走著，問道。

「他沒問你？」匆生看看我。我真是無地自容。「不想想你害了多少人？」

「害什麼人？」她停住腳步，斜回首，袍身的絲光在燭光下閃動著，「噢，你是說那些男人？」

匆生懶得回話的樣子。

她輕嘆了一口氣。「你不想想，這些男人見了女人就什麼都忘了，不也是自找的報應嗎？」

匆生出聲了，「男人活該，那女人孩子呢？」

這次女人輕笑了一聲，「我也是女人，當然會幫她們啊？」

「幫她們？」匆生問。我也想知道。

「我都叫人每天按時賑濟。無家可歸的，男人不要的，都可以領些吃的、用的。」說著，她瞄了我一眼，「還有些啊，實在走不下去，想開了的話，也會來跟我一起賺口飯吃。」

她喏了一聲，朝正在整理酒席的一些女人努努嘴。「我也會教她們唱歌跳舞，反正人手也不夠。」她又朝我說，「你看她。」

我順著她的方向望去。一個女人端著盤子進來，也是高腰束裙，別著一支葫蘆釵。

我多看了兩眼，不由得啊了一聲。「是你！」

竟然是昨天帶著孩子要我幫忙找男人，在街上又不見了的那個女人！洗浴、更衣之後，她的眉色更見秀麗。她聽見我叫的聲音，雖然也望了我一眼，卻像不認識的樣子，又低頭走向酒席那邊。

我不知道這是怎麼回事，心裡一動，就叫了起來，「你怎麼會唱那首歌？你把嬋兒弄到哪裡去了？」

女人沒有回我，擺了一下頭，輕甩及腰的長髮，袍底的胸部顫巍，走到了牆角。

「趁她們還在備席，來看看這些畫好嗎？」她又加了一句，「看了就明白了。」

四七　廟會裡的女人

就著四壁的燭光，我看到原來牆上都有些畫。

勿生起步，走了過去。我也跟在後面。

女人從一名婢女手裡接過燭籠，親手提著走到了第一幅畫前。

那畫顯然是直接畫在牆上。燭光雖然並沒有那麼亮，但還是可以看出工筆很細。

是一個院子。

「你看這家院子。雖然不大，可是有樹有花，還有個小魚塘。」她看著畫，輕聲說著。我看不出她的年紀，可是聽她現在說話，就像畫裡那個蹦跳的小女孩。

「春天的時候啊，她最喜歡的就是小鳥來說話，」她邊走邊說，走近畫前，舉高了燭籠照一個地方。「你看，窗前這一隻。」她的聲音快樂地飛揚，「總會在她繡花的時候飛過來。」

她看了好一會兒，才又前行。「遠近媒婆都知道這家有個手藝精巧的美人兒，搶著來作媒。最後她嫁進一個家境小康的布莊。」

那幅畫連綿地沿著牆繼續下去，像是一個長卷。

一個女人憑窗而立，懷裡抱著嬰兒微笑。女人身材修長，光潔如玉。她身旁有婢女，也立著臉上堆著笑的老太太。遠處，一個藍袍男人手裡抱著些東西走來。

「郎君疼愛她，婆婆對她好，又很快就生了一個寶貝，舉家歡喜。」她輕輕地說，「她覺得自己是天下最有福氣的人。」

畫再往下走。

河畔一條路，路上很多人。走上山丘，有一座廟。

廟裡有一座神像。女人和一個婢女在拜。旁邊一些男男女女在看著她說話。她的郎君在裡面，還有一個臉色圓潤、穿緗色衣袍的男人。

「可是啊，有一天，有人帶她郎君去求一個大仙，做了一筆大買賣。賺了錢，就要她一起去還願。」她繼續往前走。「她從小就不愛出門，不喜歡見人，為了郎君，就答應了。」她看著那幅畫，輕輕地說。「在廟裡啊，認不認識的人都說，這真是個美人啊！」

女人舉著燭籠帶我們再往前走。她身上的香氣，飄在四周。

畫裡有一排轎子走在街上，女人坐在轎子裡。藍袍男人很得意地騎著馬走在前頭。街旁、後面都有大人、小孩在看。

「後來就麻煩了。一有什麼廟會，就有人來邀她。說這樣的美人不去，廟會就失色了。女人不去，她們就來跟她婆婆鼓動，說是要給街坊添光。」她幽幽地說道，「架不住郎君和婆婆一直說，女人就又去了一趟。」

又是那座廟。又是很多人在圍看那個女人。藍袍男人和一些人在一起，緗色衣袍男人在一個角落看女人。附近有些女人抬著盤子在走，上面擺了些紅饅頭。

「可是啊……」女人說著停下了腳步，看了那個緗色衣袍男人好一會兒，接著才幽幽地說了下去，「這是一個圈套啊。她郎君那些狐朋狗友早就串通好了，要讓這個男人把她弄上手。那個男人家裡做藥材生意，是個大財主。」

下一幅畫，是廟裡一個小園子，遠處藍袍男人在和一群人飲酒作樂。近處屋子裡，女人在床榻上昏睡，旁邊的几上放著一個吃了幾口的紅饅頭。緗色衣袍的男人正在解她的衣服，探她的胸。

「他們用藥蒸了饅頭，女人吃了就想睡。狐朋狗友把她郎君騙到園子裡喝酒，又把她婢女也支使開，趁了那個男人的心。」

女人輕移腳步，持著燭籠走向下一幅畫。

這裡看得到男女的半身了。女人一條腿架在男人肩頭，另一腿敞開橫陳。兩人糾纏在一起，看不到男人的臉，女人的兩眼半閉半瞇，看不出仍然在睡夢中，還是已經欲仙欲死。

女人繼續說著。「那個人啊，不只仗著自己懂藥材，把自己那裡調理得強，還求廟裡的大仙賜了他床上特別本領。」她輕嘆了一口氣，「給他睡過的女人，這一輩子都離不開他了。」

四八　如煙的畫

我聽得口乾舌燥。

看勿生，他雖然還是沒有什麼表情，但微皺著眉頭。

再下一幅畫，女人回到家，側臥在床上，病懨懨的，一隻手扭曲著緊抓被子。婢女抱著孩子在院子裡。遠處，藍袍男子和緗色衣袍的人在交談。

「她回去以後，在床上就起不來了。她恨那個男人，又想那個男人。他那根東西，那個滋味，讓她那個地方什麼時候都是水汪汪的。」女人輕輕地說。「她更恨她的郎君，恨她的婆婆，不是他們硬要她去，不會落到這個地步。」

夜裡，天上掛著月亮。藍袍男人在院子裡焚香祈禱。女人躺在床上。園子外有官兵擎著杖火過來。

「一兩個月過去，看了多少醫生都不行，她郎君聽那個男人的話，夜裡在家幫她拜起大仙。可是一拜，就有人密告官府，派人來抓走了，說律法規定夜裡不能拜仙拜神。」女人像是在說別人的事情，「進了牢，她郎君沒幾天就死了。她婆婆受了驚，也很快就去了。」

廟後的山頭，女人披麻戴孝，對著兩個墳頭哭泣。廟的天上，有一個看來是男形的大仙，在對女人說話。

「她孤苦無依，只能去求大仙。」女人繼續很平靜地說，「既然她的美色害了她，請大仙幫她用美色得到自己想要的一切。」

空空的院子。屋子裡，兩個光身的人纏綿地抱著一起。床下有女人的衣物，也有緗色衣袍。男人撫弄著女人雪白的奶子，在她耳邊說悄悄話。

「她家沒有人了，那個男人就常來，叫她跟了他，把布莊也給他。」女人聲音沒有起伏高低，就是平靜地繼續說著。接著她頭一次輕輕笑了一聲，像是脆鈴輕輕搖了一下。「好啊，」她又停了下，「可是布莊要折算錢給她，把院子賣了，錢也要給她。」

一排人轎走在一條街上，喜氣洋洋的。

「她跟了男人，搬家的前幾天，孩子也死了。」女人停了一下。靠近牆面仔細看看客棧門口的人轎。「說是急病死了，沒人知道是她自己掐死的。」她又說了一遍，「掐死的。」

下一張畫，女人光著身子在一張床上斜臥著。男人在床下躡手躡腳地拎著緗色衣袍要離開。房間外頭還等著一個老頭，一個年輕小夥子。兩人長相都和緗色衣袍的男人相似。

「女人跟了男人沒多久，那個說是一身床上本領的男人就應付不了她了。」女人又輕笑了一聲，銀鈴更響了。「女人看那個男人的老爹的眼神不對，就讓他嘗嘗；看男人的弟弟眼神不對，也讓他嘗嘗。三個男人都迷上了她，可三個加起來也沒法滿足她一個晚上。」

我聽得心一直跳。

「家裡的女人都鬧翻了。可是她不管。誰要來找麻煩，她公公、男人、小叔都會擋。他們都離不開她。」女人慢慢地說，「後來她自己娘家知道了，爸爸氣死了，媽媽和弟弟搬到別的城裡了。」

下一張畫，還是那條街上，綢莊的對面，新蓋了一棟客棧。客棧有三層樓，有張店招寫著「相思居」。

「所以啊，女人就說啊，你們都想要我，又都滿足不了我，那不如開一家客棧加妓院。可以賺錢，我還可以看看哪個客人可以挑著用。」她很輕快地說著，「開客棧，我有錢，我要占大股。」

一路跟著女人看畫，聽她說話沒出聲的勿生，這時問了一句，「你要報仇，怎麼走這麼大的彎路？」

「你是說，我怎麼不直接叫他們死在我身上？」女人銀鈴般的笑聲一連串地響了起來，「那不是太便宜他們了？他以為他睡過的女人都離不開他，我叫他離不開我。我要叫他們一點一點乾掉，越來越看得到吃不著。」

我想起朱老闆的病容，他乾癟的弟弟，還有那個佝僂的老頭。

下一張畫，可以看到門裡女人在床上，門口有一些婢女在拖拉一個癱倒的男人，地上還躺了兩三個。

「女人的活兒越做越好，生意也做得越來越好，發了財，在對街買了酒樓，又開了綢莊呢。」她似乎帶著一點得意的聲音說道，「上了她床的人，不是脫陽而死，就是再也離不開她，隨她支使。」

這時，女人來到的地方垂著長紗。她伸手撩紗，牆上的畫，跟著紗影好像動了起來。

女人慵懶地斜倚在床上，潔白如玉的兩腿慢慢分開。陰阜隆起，濃密的陰毛蔓生，泛著微紅光澤的洞口，汁水發亮。

女人的腿下，還鑽出了一些小人。有男有女，手拉著手，女人頭上都別著葫蘆釵，嬌笑歌唱聲都隱約可聞。

「遠近沒了男人的女人，她都收留。連那個男人的妻妾，都成了她的姐妹。」她停了一下，「大家啊，都叫她娘娘。」

敞開腿的女人、歌舞的小人，都消失了。空中像紗又像煙一般，現出一條擠滿人的街道，男人都仰首注視客棧的樓上。

「雖然有許多人聽了相思居就怕了，可是更多的人反而更想來看看娘娘。」她說話的聲音，有點遠遠近近，「還有些人就算是不進來住，也想在街上湊湊機會，看看娘娘會不會看到他。」

客棧三樓的窗子撐開一個縫，露出一隻潔白如玉的手。順著手，現出女人跨騎著一個男人，身子上下輕輕擺動。

女人的長髮披散，側頭望向窗口。

長髮下，看得見她似睡似醒的右眼半瞇著，脣角微啟。

「娘娘啊，就喜歡這樣。她吃著男人，又吃不飽，總要看看街上的男人還有沒有像樣的。她越吃不飽，越想吃，越吃，越吃不飽……」

空中的畫，又回到那個園子。

園子裡又出現婢女帶著孩子。藍袍男人和那個婆婆也在一個亭子裡說話。

女人在屋子裡，手裡有針線活，窗前有一隻小鳥，她和小鳥在對望著。

小鳥的雙翅略掀，不知是剛飛落窗前，還是就要飛離那裡。

女人潔白如玉，望著小鳥的眼神不知是欣喜，還是淡淡的哀傷。

但看畫的人一定知道那是個春天。

風中有著淡淡花香的春天。

女人身上一直飄來的花香。

「偶爾啊，她心思能歇下來的時候啊，還是會想，如果從前的日子能那麼過下去多好啊，如果那天她郎君和婆婆沒有逼她去那座廟，那會有多好啊。」

女人說話的聲音很平靜。沒有高沒有低。

空中什麼都沒有了。

女人和勿生站在遠些的地方。

她的聲音幽幽地傳來。「這樣，你還覺得她該死嗎？」

四九 你該和她一起走的

勿生說話了，他的聲音有些斷斷續續。「你難過，就沒想到別人也會難過嗎？這是害了多少人？」

女人的聲音跟著淡淡的花香在浮動，「我不管害了多少人，我只要不害到你。」

「我？」勿生的聲音也在飄。

「是啊，我們說過下輩子要再見的。」她說得很輕很輕，都快聽不清楚，「你要記得我的樣子。」

勿生沉默了一會兒，慢慢地問了一句，「你說什麼？」

「你要記得我的樣子。」女人微仰了頭。

花香在空中更濃了些，這個夜晚好像又回到了早春，而不是燠悶的盛夏。

久久，勿生說了一句，「我怎麼記得？」

女人又往前輕邁了一步，慢慢撥開披著的長髮，露出左邊的耳垂。「你忘了這裡？」

站在幾步之外，看到那個在她臉上再美妙不過的耳垂上有一顆小痣。

我的心思跟著飄蕩。

她為什麼要勿生記得她的耳垂？

嬋兒的耳垂呢？我怎麼都不記得了？

一個個念頭像一朵朵雲，浮過我心頭。

「不會忘。」勿生的聲音，是我從沒聽過的。低低的。「那你會記得我的樣子嗎？」

勿生在說什麼？

他的聲音怎麼了？

又一朵朵雲浮過。

女人往前走了兩步，正好在勿生面前。

勿生高她半個頭，她仰望著，慢慢伸出了手，那手緩緩地在空中移動，撫上了勿生的臉頰。

勿生看著她的神情，是我從沒看過的。

也就在這時，一朵雲又浮過我心頭：糟了……

我想大叫一聲，像勿生剛才驚醒我一樣，但是叫不出來。

我想舉步，卻一動也動不了。

淡淡的花香，已經不只把我心頭，把我整個人都悠悠地飄浮在空中。

我只能飄浮，其他什麼都做不了。

「我記得幫你包過的傷疤。」女人輕輕地說。她的聲音也變成了和剛才不一樣。

女人的手，輕撫過勿生的脣邊。劃過他的脖子、前胸。

她的手落下時，袍子也從身上落地。

我看到的，是不知該怎麼形容的光。那麼勻稱的胴體，身體上所有最美妙、私密地方的組合是那麼的完美，形成圓潤的光。

勿生的左手還提著劍。他的右手慢慢抬了起來，一點點，往女人圓滿的乳房挪動。

「不要，勿生！不要！」我心裡在叫，但是卻叫不出聲來。

我看站在一旁的小梅朝勿生輕步而去。

勿生的右手摸上了女人的左胸。他握住了整個乳房。女人的眼睛微瞇了起來。

小梅探視著勿生的眼神，慢慢伸手托住他左手的阿鼻劍。

勿生的手鬆開了。

小梅捧著劍，就要退後離開了。

也就在這時，驀地，錚然一聲！

聲音不大，像是引磬的清脆。

我突然從雲端落地。

「勿生！」我大叫。

接著，幾件事一起來了。

勿生拔劍。

噹然劍鞘落地。

阿鼻劍在女人潔白如玉的胴體上剎那間拉出一道血口。

一道白影從女人身上騰空。

阿鼻劍疾刺，白影閃過，在小梅身上一沒而入。

小梅立即騰空一躍，輕輕鬆鬆就上了高樑。

她一定身，叫了聲「起！」突然屋子裡一片銀光朝勿生射去。全是十幾二十個女人頭上的葫蘆釵。

勿生的阿鼻劍揮動，叮叮叮叮，擋開、切斷了葫蘆釵。

也在這時，又有比剛才更亮、更密的銀光射向勿生。竟然都是從小葫蘆裡射出來的。

跟著這密密麻麻的一片銀光，小梅從高樑上俯衝而下，手裡的釵，寒光有如匕首。

眼看勿生再也無法同時擋開這一切，阿鼻劍呼嘯揮出，像捲起一股氣流，把所有的銀釵引成一道光河，向高樑上衝下的小梅射去。

小梅慘叫一聲，所有的銀釵噗噗噗噗地釘進她身子，咕咚撞落地板上。

就在小梅叫出來的同時，一道白光又從她身子竄出。

只是這次勿生已經躍起，白光剛現，他一劍疾刺而入。

淒厲至極的尖叫破空，空中灑下一片血雨，一個東西落地。

我大叫一聲，身體也可以活動了。

衝過去看，地板上癱著的，是從腹到胸，破了個大口子的女人。

再過去，一隻體型修長、渾身白毛的狐狸，狐狸的身體穿了個洞，鮮血汩汩。

沒看到小梅，只看得見一隻身上插滿銀釵的棕毛狐狸。

其他的女人，不是跑不見了，就是瑟縮在牆角。

這陣子一直是鈍鋒的阿鼻劍，雖然劍身還是黑黝黝的，劍刃卻在晃動的燭火下閃著鋒利的光。

我去勿生身邊。

他正在看那個女人。

女人還沒斷氣，在微微喘息著。

「謝謝你……」她掙扎著說道。

勿生低下了身，拉起她的紗袍遮住鮮血湧出的傷口。

女人的面容，還是那麼美，但是少了不可直視的豔麗，多了柔弱。

她喘息著繼續說，「我不能不去求那個大仙……我要藉它的力量報仇……可是它也澈底毀了我。」一行淚水流下她的眼角。

「我知道。」勿生說。

「那個女人是你師妹嗎？」女人很費力地說。

勿生點點頭。

「那天晚上你該和她一起走的。」女人喘息著。

我站在他們不遠處，女人看到我了。她說話突然有精神了。

「那個女的要我轉告你。別找她，她已經死了。再找她，她會殺了你。」她看著我一口氣說道。

啊，嬋兒已經死了！我的心神搖動。可再找她，她會殺了我，這又怎麼說？只覺滿腹要說的話，又不知如何問起。

「幫我做一件事。」女人朝勿生說。「你出去的時候，看到的每一個人都幫我殺掉吧。這裡沒有一個好人。」

勿生點頭。女人話音落下，就再無氣息了。

這時樓下咚咚咚咚有跑步聲上來。一些人明火執杖。

還有人大叫著衝過來。有那個客棧櫃台上的朱老闆，酒樓的掌櫃，還有那個綢莊的老頭。

他們看到女人、狐狸死了一地，都呆了。

沒有人敢過來，但臉上都扭曲著。

勿生站起了身。

他看看那些人，把阿鼻劍在女人的紗袍上擦了擦，朝他們走去。

那天晚上，勿生一路沒有把所有見到的人都殺光，但也殺了二十五人。

阿鼻劍又活回來了一個晚上。

我們從奇城斬關而出。

五十　梁莊主

回桐莊的路上，我問勿生怎麼會來。

他說本來因為答應了團練，想我自己來奇城看看也好，可是過了一天，阿鼻劍鳴。不明所以，劍在鞘中鏗然一聲。

勿生原以為是桐莊周圍有殺氣，但巡視之後沒有異常。再過了一個時辰，阿鼻劍再鳴，勿生想到可能是我，就立即趕來了。

我想起他那一句話像冰水般澆醒我的一刻，還是全身羞得發熱。

「那你這次……」我問他。

匆生搖搖頭。他大概想起自己也差點著了道的那一刻，臉有點紅。「我什麼也沒想，也來不及想。握了劍就揮了出去。」

阿鼻劍在女人白玉般胴體上切開一道血口，又再度完全不是一把鈍劍了。

我要匆生抽出劍來看看。卻已經又是鈍鋒。

匆生苦笑了一聲。「看來，這次阿鼻劍是自己急著除妖了。」

不動和尚說，在匆生真正參透怎麼使用阿鼻劍之前，只能阿鼻劍用他，而不是他用阿鼻劍，真沒錯。

我們回到桐莊，喝九斤也從揚州過來，說是想去奇城找我們，看我們沒事，歡喜不已。再聽匆生殺了娘娘，娘娘又叫千年老狐附身作怪，都目瞪口呆。

匆生說，再怎麼除妖，畢竟殺了那麼多人，怕出事，想就此告別。梁莊主卻還是要我們留一夜，權當慶祝。

「這也是為地方除害。真要有官府人來，我也可以說話。」他拍胸脯說。

梁世才很大方，雖然勿生原來答應他們指導三天團練，但只教了一天，他還是恭謹地包了個大紅包給勿生。一來說是指導團練的報酬，一來說是感謝為地方做了個大好事。喝九斤也在一旁也興高采烈地說，這是連揚州城都感激不盡的事。

勿生說卻之不恭，就收下。我想到接著去洛陽的盤纏都有了著落，也很高興。

那晚我們吃喝都很盡興，梁世才之前不怎麼喝酒，席上也在喝九斤的力勸之下喝了一些。他也把家人叫了出來。他的娘子年紀小得可以當他孫女了，兒郎也才剛會爬而已。

都快要吃到結束的時候，一個婢女端盤子來，腳絆了一下。湯灑了梁世才一身。

梁世才約莫是燙到，跳了起來，也趕快解開領子。

婢女嚇得立刻跪倒在地。我想起玉妃那兩個侍女灑了她裙子的遭遇，不知這個地方上的有錢人又會怎麼處理。

梁莊主倒是只喝斥了兩聲，就進去更衣了。

我們幾個人繼續吃喝，我想著剛才看梁世才解開衣領的時候，看見他脖子上有一個地方發亮。

不是什麼首飾。

那是什麼呢？

我喝著酒，一面揣摩。又過了一會兒才意識到，那是一道刀疤。顯然滿長的，疤面很亮，直到胸口。

他大概不想人家看見，所以衣領總是很密實。

有錢人，脖子上有這麼一道疤，如此凶險，是叫強盜綁過？還是？

我繼續吃菜，和勿生討論明天何時出發。

也就在這時，勿生動了動身子。我看到他的腰帶，現在上面什麼都沒掛，不像我初見他的時候，上面掛著小鳥、銀牌、號角。

也想起他在刑場上持劍而立，宛若天神的樣子。而現在我竟然可以和這個天神樣的人一路並肩前進，不由得感慨萬千。

也就在這一刻，我突然腦中轟然一聲。

想起那天刑場地上的菜葉。

想起腦袋落地的錢東。

牢房裡熏人作嘔的氣味。

錢東癱坐在一角的樣子。

他臉上躍動著房外走道上火炬的影子。

想起刑前一晚他跟我說的話。

「我是出不去了。你要是能替我報仇，那筆沒法想像的寶藏就是你的了。」他輕飄飄的，帶著挑逗的語氣，好像在我耳邊。

「你要先找到黃五才能知道祕訣是什麼意思。」

「黃五臉上有道刀疤。左臉，都快到脖子。」

這一路上，我光顧著看別人左臉是不是有刀疤到脖子，這才意會到，他約莫是講得不清楚，刀疤不是從左臉下來到脖子，而是從左胸上來快到脖子。

周遭一下子安靜下來。我聽得到自己心跳的聲音。

「你怎麼出神了？」勿生的聲音把我拉了回來。

五一
黃五

我跟勿生說過燕子錢東告訴我的藏寶圖，他沒有很在意。他笑笑說，「說什麼富可敵國的不少，等找著了再說吧。」

這時候我不知道他是不是記得錢東，記得錢東說他有個把兄弟叫黃五的坑了他。

趁著梁莊主去更衣還沒回來，我也出去解手，順便輕描淡寫地問了帶路的下人一聲，「梁莊主在這裡是第幾代人了？」

下人回道，「桐莊有好幾代了。梁莊主是一年多前才來的。」接著他解釋，梁莊主是用一筆巨款把莊子頂下來的。原來的莊主樂得搬去金陵住了。

他說完又要我千萬不能告訴莊主他多嘴。我說絕不會，也塞了點錢給他。

我回座的時候，梁世才也換好衣服又回來了。說是掃了大家酒興，自罰三杯。我沒心情再喝，但想到一個法子，就盡力陪喝九斤又鬧了幾杯。勿生一向自喝自的，沒見什麼酒意。

那晚喝罷，梁世才送我們出院子。

月光甚好。

梁莊主在前面和勿生說話，我和喝九斤走在他們後頭。

聽他們說著話，我朝梁世才叫了一聲，「黃五！」

他轉頭應道，「怎麼了？」嘴裡的酒氣甚濃。

他的話音停了，頭也斜在那邊，沒再轉回去，只是整個人慢慢轉身，朝向我。

原本瘦削的臉，不知怎麼突然出現了橫肉。

他的眼直直地望著我，再看看勿生，慢慢退開。

勿生先是有些驚奇，慢慢皺起了眉。

「是哪裡的朋友？」梁世才好像一個字一個字地問。

喝九斤也和他一起退在一邊。

「燕子錢東。」我簡單地說。

黃五的臉刷地白了。喝九斤悶哼了一聲。

勿生看我，也想起來的樣子。

「難為你了，隱名埋姓，還當起了地方上的大善人。」我說。

「你們要什麼呢？」黃五問。

我也不知該怎麼說，就直接問了，「問你一件事，燕子錢東秋天最愛去哪裡賞楓？」

黃五的眼一下子縮得很遠很遠。

「告訴你了，就放過我嗎？」他冷冷地問。

我有點語塞。

「當年我確實做了點缺德事。」黃五接著說，「可是我給他供了長生牌位。在這裡賑災救貧，也都是把功德迴向給他。我告訴你地點，你就放過我如何？」

錢東不成形狀的右手和兩腿，牢裡熏人欲嘔的臭氣，在我身邊迴旋著。

「你得在他死前問出來。」錢東望著我的眼睛又浮現。

「怎麼說？」黃五問我。

一旁的喝九斤臉上陰晴不定。看得出來，他對黃五怎麼成了梁世才是很清楚的。

我望向勿生。「你說呢？」

勿生沒什麼表情地回道，「這是你的事。看你怎麼和錢東說的。」

我心頭翻騰著。

錢東已經告訴了我「東七前二。水東山右」的祕訣，只要知道他秋天去賞楓的地點，就可以找到富可敵國的寶藏。

可是這要怎麼問呢？

有一次我問過勿生，如果有一天找到黃五，該怎麼逼問他。

「逼問就是逼問吧。」勿生回道。

想到如果能找到那筆寶藏，我們再也不用為了錢苦惱，是挺好的事。

可是這一路，看廖大，看鎮國公，他們要逼問什麼人會用什麼手段，算是都見識過了。要我跟他們一樣，那可下不了手。

錢東要我逼問出那個地點，為他報仇。

如果黃五今天還在江湖上行走作惡，我還可以想想。可是他現在已經改邪歸正，成了地方上的善人。

這個世道，都在人吃人。他就算裝的，也裝的是善人。看剛才他對那個燙到他的婢女，和玉妃有天壤之別。

要說為了一筆寶藏就把他片了，真下不了手。

再說，他還有那個年少的娘子，不足歲的孩子。

「我看出你是個正人君子，說話算話。」黃五說，「只要你答應我不殺我，我告訴你那個地點，也再送你們今天十倍盤纏。」

「閉嘴！」我大喝一聲。

黃五住口。酒桌上一直高談闊論的喝九斤在一旁也沒聲。

忽然，我覺得很累。也想到，如果我沒拿這筆財富，那就算沒有逼黃五，沒有幫錢東報仇，也不算對不起他。

「算了，你不用告訴我，也不用給我錢。再也別讓我看到就好！」說完我就大步往牛欄那邊的屋子走去。

勿生跟在我後面進了屋。

「我下不了手。我不殺他，也不問他錢東的地點，也就不欠錢東的。對吧？」我問勿生。

「很不錯。」勿生說。

我問他怎麼說。

「你會這麼想，很不錯。」勿生說，「是我的話，也會這麼做。」

我鬆了口氣。勿生看我笑了笑，「看看別人也有傷神的事挺好的。不必我一個人整天想這把劍到底是怎麼回事。」

「那睡一下，天亮了走。」我說。

「我是你的話，這就走。」勿生說，「你都翻了人家的底，一個晚上也別待了。」

我說好，收拾下東西，就準備走了。

可屋外已經一片火光。

五二　在火中

我們推門出去，就這麼一會兒，四周都是熊熊的火。

火翻騰得很大。

「瘋了！」勿生說。他臉上明顯的怒氣。「竟然用桐油來燒！也不怕他整個莊都燒光了！」

桐油燒起來的火不是一般的火。

火勢又凶又猛，把我們的房子團團圍住，也在往遠處燒。牲口的嚎聲不斷傳來。

我們出得了屋子，卻再無別的去路。而火燒得越來越近，越來越大。火氣蒸得四周有些變形了，也有一種怪味。

匆生大叫一聲「小心這味道！」用手捂了鼻子。

「你的劍？」我喊了一聲，也趕快學他。

匆生猛力搖搖頭。

火更大了。嗯心的味道也越來越濃了。

難道我們就要給黃五燒死在這裡？

我發現剛才自己慈悲心腸的可笑，也可悲。

嬋兒已經死了，我也要胡裡胡塗地燒死在這裡。

「喂！不動和尚不是給了你什麼？」匆生大喝一聲。

我腦中轟然一響。對啊！

不動和尚伸手從袍裡拿出一個小小的囊袋，說是要和我結緣的那一段，猛然浮上心頭。「施主有一天會遇上火劫。屆時可以打開。」他說。

在清風寨遭到火攻的時候，我還記得此事，後來風雨來，沒用上，也就忘在腦後。我趕快掏了出來。打開錦囊，裡面有一張紙。上面畫了一個手印，有些字。我拿給勿生看。就著四面熊熊的火光，勿生告訴我怎麼結那手印，還有一串咒語，「南麼　三曼多勃馱喃　迷伽　設寧曳　娑婆訶」。

大火已經燒到十步開外。

火氣、熱浪、怪味，一起襲向我們。

我照勿生說的結起了手印，想起那天晚上在林子裡看到的那個地藏菩薩，全心全意地複誦起咒語。

我結結巴巴地唸了一遍，再一遍。

第一遍剛停，第二遍一半的時候，已經聽到天上突然響了一個大雷。雷聲震得我都忘了逼得更近的火氣。

第二遍才剛完，啪啦，我才剛覺得臉上沾到一滴雨水，接二連三的雷聲響起，大雨滂沱而下。

剛才火氣烤得眼前都看不清，這下是傾盆大雨猛然把周圍暗了下來，熱氣轉眼消失，我身上濕透，輪到雨水大到叫我快睜不開眼睛了。

我整個人都在震動。

只是不知道是雷的震動，是雨的震動，還是什麼的震動。

在大到要費力氣才撐得開眼，打在臉上都覺得痛的雨水中，我拚了命地睜大雙眼。就算瞪著眼也什麼都看不清，我還是一遍又一遍越來越大聲地唸出咒語、喊出咒語。

雷聲、雨聲轟隆轟隆，我聽不見自己喊了些什麼，只覺雨水把什麼一盆盆灌進了我心底。

歡喜。

我沒想過歡喜是這樣的。

我迴盪在天地之間的咒語中。

雨不知道是何時停的。

先是泥土味、火燒的氣味、桐油味翻騰在一起衝鼻，接著眼前所有的東西都清清楚楚。

當空一個皎亮的圓盤。

月光灑得到處都是。

遠處四散著站了些人。

我走過去。拔了劍出來。

黃五，手裡拉著一條鍊子鎖。

喝九斤拎著他的鑌鐵槍站在分開些的地方。

另有一些團練，手裡都拿了兵器。

每個人都淋得亂髮濕答答地垂著。

他們沒有跑，也沒有動，就是站在那裡，看著我這邊。

我快跑起來。

放了沖天大火，就這樣突如其來地被大雨澆熄，又換了這麼亮的月亮把一切照得明明白白，換作是我也呆了。

那個留絡腮鬍，使大刀的男人離我最近，也最先動彈。他好像咕噥了一聲，掄刀揮來。

我一個大步斜跨到他右側，躲過他的刀，也一劍刺入他的肋間。劍尖進入他肋骨的縫隙，刺穿他臟腑，在他哦啊的慘叫聲冒出喉嚨的時候，已經又抽了出來，標出一道血箭。

他身後的幾個團練大吼著攻來。我撩開了另一個拿刀的人肚子，劈開一個拿劍的人脖子。

身後有兵刃破風之聲，我側轉身子，一柄鐵槍貼著我胸前擦過，而我連人帶劍也沿著槍身一路劃下，正好切掉了那人持槍的右手腕。

喝九斤慘嚎著看他的右手還握在槍上，左手撐不住槍咚然落地。我就扎實地一劍刺進他的喉嚨。

喝九斤叫不出來，嗚嗚咽咽地，左手在空中亂揮，人也站不住。

我把劍往上頂。劍刃拉開他喉嚨的筋肉，刺進他的上顎。

我想不起他是那個帶我去一家家酒樓妓院的喝九斤，更記得的是那個我在月下斬斷脖子的王風。

呼呼的聲音掃過來。是黃五的鍊子鎖朝我攔腰而來。

喝九斤的塊頭大，我的劍在他喉嚨裡插得太深，抽出來要帶著他的身子閃過都來不及。

咚一聲！

阿鼻劍像木頭的聲音。

勿生兩手握劍，硬把鍊子鎖擋了開來。

有這麼眨一下眼的時間也夠了，我已經抽出了劍，欺身抵上黃五的脖子。他的鍊子鎖垂在身旁。

黃五撲通一聲跪下，眼睛睜得老大，「我……」

我沒有聽他說，劍刃劃開了他的頸子。

有那麼二十來個團練本來還在周圍，一鬨而散。

黃五在地上蠕動著，拿鍊子鎖的右手在捂脖子上的口子。月光下，血像道小泉不停地湧出。

先前我還拿捏了好一陣到底怎麼處理他才好，剛才我卻想都沒想。
他給我再多的財富，都不如這一刻我感受到的舒坦。
錢東的藏寶圖，那句「東七前二。水東山右」就此和我無關，毫無所謂。

我回頭看，勿生就在幾步外。
我好像終於知道了他殺出清風寨的心情。
「殺人，別貪。別貪那個滋味。」勿生淡淡地說道，「走吧。」

我點點頭。
遠處，可以看見一些跑遠的牲口。
在泥濘、焦草、桐油、血腥混合的氣味中，我邁開腳步。
踩著積窪的雨水，不動和尚的咒語還在震動著我。
只是我不知道：很快，我們就要重逢了。

五三 月下的和尚

夜裡，傍著一條江，我們腳高腳低地走在鵝卵石灘岸上。

那幾天，白天日頭太毒，往洛陽趕路，我們都晝伏夜出。腳下晒了一天的石頭透著暖意。

月亮掛得圓又高，江面在夜風中光影閃爍不定，間歇看得到對岸微微的林木黑影。

剛才我走在勿生前面，這一會兒倒看到他在我前面了。

「你看。」勿生停住，指了指前方的山丘。
山說高不高。月光下，林木深淺明暗分明。
我看出勿生指的是什麼了。
半山腰再高些的地方，林蔭間還有一種不同的顏色在微微變化。
「那是什麼？」我問。
「挺大的鬼火。」勿生說。
我背脊刷過一陣寒流。月亮突然沒那麼亮了。
林木深處，若隱若現的是一種陰森的綠光。和圓慧召鬼之戰那夜看到的很像。
「走吧。」我說。想趕快去洛陽。
「去看看吧。」勿生說。
我覺得奇怪，看他怎麼跟平常不大一樣。
「鬼火不當這麼大。更不當在這種滿月之夜這麼讓人看見。」勿生說，「遇上了不當有之事，不該錯過。」
也就在這時，整座山都突然綠光一閃。

上山之後，就看不見綠光了。沒一會兒，卻聽到聲音。

篤一聲。

過一會兒，再篤一聲。間隔不長不短，從隱約到逐漸聽得清楚。

跟著聲音再上去，我們在林木間又看到那綠光，也聽出那是木魚聲了。

綠光跟著木魚聲在前方吞吐遊走，像在帶路。夏夜的燠悶消失，陰氣如絲又成團。

越來越大的木魚聲又響了一聲，綠光也一閃而滅。我們走出林子。

月光下，是一處外牆半塌的破落院子，門歪著，牆上有些晶光。

近些看，是一顆顆烏黑發亮的石頭。

勿生走在前頭，推門，嘎吱一聲，走進去了。

院子裡有個和尚跪在地上。一邊有一間屋頂去了一角的房子。再旁邊，一間小屋。

和尚面前有一個小几，几上有木魚，還有一個經卷模樣的東西。他在閉目祈禱。

月光照在他顏色灰暗的僧袍上，身影有些眼熟。再走近兩步，月光下可以看到他左側玉白的臉龐，濃黑卻不顯粗的眉，和閉著眼顯得很長的睫毛。

「不動和尚！」勿生在前面先叫了一聲！

這不是不動是誰！

不動和尚不告而別之後，怎麼也沒想到在這裡再見！

他沒有回應我們，又過了一會兒才起身，對著經卷拜了三拜，伸手把經卷收在懷裡，仰頭望向月亮。月亮把他的影子在地上拉得長長的。還是像之前的樣子，做什麼都不疾不徐的。

四周不見綠光。陰氣也沒了。山上的夏夜剩下難得的清涼。

「你怎麼在這裡呢？」勿生問。一路上他很少開口，看到不動，話多起來，語氣裡也透著熱乎。「剛才看你這裡挺熱鬧的。」

不動仍然沒有搭腔，還是望著月亮。

才因為錦囊咒語死裡逃生，我滿心歡喜，冒出一句，「不動和尚怎麼都不正眼看人了？」

終於，不動轉身正面望向我們。

勿生哼了一聲。

我退了一步。

不動左邊的臉仍然玉白，嘴跟鼻子是完整的，但右邊的臉有兩種顏色。額頭像是被火炭烤過焦掉，疙疙瘩瘩的，右眼窩凹成一個黑洞。再下來到嘴邊，大片皮肉被掀開，顏色淺一點，像是暗紅。

我不忍細看他的臉。那麼俊俏英朗的人，怎麼毀成這樣。

他的右肩有些歪，一條胳臂無力地垂在身旁。身上穿的僧袍看來是麻布的，灰灰暗暗。

「不動和尚，出了什麼事？」勿生慢慢又問了一句。

「阿彌陀佛。」他左手單掌問了個訊，「兩位施主看錯人了。」

說話聲音和不動不一樣！

「你們見的是我師兄。」和尚玉白的左臉，脣角微微上揚，「貧僧不搖。」

五四 親近的理由

不動！不搖！

我飛快地想了一遍和不動談話的情景，不記得他說過有個師弟叫「不搖」。看他左邊的臉，真是一個模子出來的。不一樣的，是說話聲音。不動的聲音清亮，不搖的聲音沙啞。

「那你們是雙胞胎兄弟了。」勿生說。他平靜下來了。

「好說好說。」不搖回道，「出家人不談紅塵俗緣。」他說話和不動一樣，聽不出百濟人的腔調。

既是雙胞胎兄弟，又是同門師兄弟，不動卻完全沒有提過。這是怎麼回事？我心裡捉摸著，勉強打量他那可怕的陰陽臉。

「那怎麼沒和你師兄在一起？」勿生又問了一句。

「好說好說。」不搖回道，「一切自有因緣。」

這好一會兒，他不是悶不吭聲，就是有一句沒一句。

勿生唔了一聲，「好，那就不打擾了。」他回身。

「且慢。」不搖說。「施主不是想知道這裡剛才熱鬧什麼？」

「一切自有因緣，也沒什麼好知道的。」勿生頭也沒回，淡淡地說了一句。

我們才沒走兩步，聽到不搖又說了一聲，「那，兩位趕著要走，就不想知道燕子錢東最愛去賞楓的地方了嗎？」

雖然一路上遇多了奇人異事，忽然聽到他說了這麼一句，心裡還是一震。

勿生也轉身看不搖。

月光下，他完整的左臉，平靜沒什麼表情。

黃五死了，以為永遠也解不開的謎，竟然在這裡聽到了這句話。

「你知道？」我問。

「我不知道。」不搖半邊臉上依然平靜。「是他們剛才說的。不是說我這裡熱鬧嗎？剛散。」

清涼的院子裡又有些森然。

我清了清喉嚨問不搖，「那他們還知道什麼呢？」

不搖往前走了兩步，就著月光，他右眼窩的洞更黑，腮邊翻起的一塊肉更猙獰，左邊的臉也更白淨。

「明天開始我要為他們連辦三天超渡法會，如果兩位願意住三天，」不搖頓了一下，「他們說可以有所奉告。」

「什麼節日嗎？要連辦三天法會？」勿生問道。

「不是什麼節日。是大日子。」不搖平靜的左臉，脣角終於微微上揚了一下。「有施主的阿鼻劍可以親近，就是大日子！」

我看著他，想這真不虧是不動的師弟。知道錢東。知道阿鼻劍。有本領跟鬼魂說話。

勿生輕笑了一聲。「親近阿鼻劍？」他說，「是希望我用阿鼻劍把他們滅了？」

我想起圓慧召鬼的那一仗，綠光紛飛中的鬼影。

「那次施主大開殺戒，震動陰界。」不搖說道，「但這次情況不同。他們沒有非分之想，貧僧也沒有貪念。」

「那，他們圖的是什麼？」勿生問。

「他們只是想親近一下地藏菩薩的法器。」不搖說。

我大吃一驚，問了一句，「阿鼻劍真是地藏菩薩的法器？」

我們聽不動和尚說過阿鼻劍的由來，但怎麼會是地藏菩薩的法器？

不搖看我一眼，「阿鼻劍和地藏菩薩相應。他們親近阿鼻劍，和親近地藏菩薩也沒兩樣。」

勿生朝不搖點了點頭，「好吧。那還真是有緣。我們就住三天。」

五五　讀經

不搖先帶我們去看了那間小屋。屋外有炊具，裡頭有睡的地方。不搖說這三天就讓給我和勿生住，他自己去廟裡。

剛聽他說廟，我還愣了一下。接著才知道他指那屋頂去了一角的破房。

廟裡沒有佛像，也沒有菩薩像。

不搖把院子裡的小几帶著木魚搬了進去，又把剛才揣在懷裡的經卷拿出來，恭敬地放在小几上，跪地頂禮再起身。離得近了，看得出那一卷經有些殘破，也有火燒的痕跡。但也就這麼一會兒，我感受到臉上微微一麻，有什麼氣流拂過。是那經卷傳來特別的氣場。

突然，這間破房真像是一座廟了。

「不搖和尚，請問那是什麼經？」勿生問道。

不搖淡淡地回道，「那是家師手抄的一部經，殘卷。」

「可以借看一眼嗎？」勿生問。

不搖想了一下，又過去把經拿起。從剛才看，他的右手不像左手那麼方便。

勿生也很恭敬地接過了經卷，打開來看。

「真好的字。」他讚嘆。

我湊過去看。是小楷字。字字筆劃清晰，蒼勁有力中又透著一種柔美。

不搖的左臉，清楚地浮起一種不像靦腆，更像矜持的笑容。是因為別人稱讚他師父的書法，他開心吧。

「你們沒看過他寫的大字。」不搖的聲音也沒有那麼沙啞，並且幾乎聽得到笑意。

「那不只是我們百濟人中第一……」

後來我們就去睡了，快中午才醒。

山上比較涼快些，可是日頭還是很大。我們吃了點不搖留的地瓜，和自己的乾糧。去不搖的廟裡看看，他在屋頂沒缺的這一邊角落裡閉目打坐。

這陣子我們都習慣了晝伏夜出，就再進屋裡補眠。醒來的時候，太陽已經下山了。

等月亮升起來，不搖已經在院子裡安置妥當，敲了第一聲木魚。

清清柔柔的月光，把院子照亮，也把一些角落襯得更幽暗。

不搖盤腿坐在小几前，閉著眼，右掌當胸問訊，左手就每間歇一會兒敲一下木魚。

我和勿生在屋前找了兩塊石頭坐著，從他左手邊望過去，看到的就是一個端莊清秀的和尚在禪坐。

白天的燠熱散去，夜風有些涼了。

勿生沒什麼表情，也垂著眼皮，似睡未睡地。阿鼻劍在布包裡，擱在他身前的地上。

吱呀一聲。是院子那扇虛掩的破門。

一個小女孩鑽了進來，梳著雙髻，眼神靈活，五、六歲大。

接著是一男一女。男人身材高大，面龐方正。女人耳鬢插著花，緊偎著他，也不矮。

小小根本門縫不夠他倆進來，但是兩個人就那樣穿進來了。

三人來到不搖面前不遠處坐下。小女孩偎進女人懷裡，朝我們這邊望來。雖然面貌在她媽媽懷裡看不很清楚，但是那好奇的眼神和到處都可以看見的同齡小孩沒任何不同。

這時，四周略暗了一些。

就在剛才的一瞬間，院子裡已經坐滿了人。

也不只院子裡，是裡裡外外，上上下下。

牆頭上坐滿了人。

院子裡的樹，牆外的樹梢上，都坐了人、站了人。

幾百人少不了。

我說人，是他們和圓慧在智覺寺召來的那些鬼不同。

那些鬼都開膛剖腹、斷頭缺肢，但是這些人都身軀囫圇，模樣整齊，連身上的衣裳都完整。此外，就是臉色白了些，脣色深了些。

他們神色也都很平靜，很專注地看著不搖。連剛才張望我們的那個小女孩也是。

這時，不搖的右掌已經不再問訊，而是在翻動經卷了。

他嘴脣輕輕地動著，但沒有出任何聲音。

左手，則仍然每隔一會兒敲一下木魚。

所有的人都聚精會神地看著他。雖然只有偶爾風吹樹梢葉動的聲音，大家似乎都聽得見不搖沒有出聲誦念的經文。

五六 趁手的意義

我的眼前有什麼亮了一下。

是最先進來的那一家的男人。

他方正的臉龐上，眼角有一點越來越亮的綠光。和阿鼻劍亮起來的晶瑩綠光不一樣，陰森。

綠光流下來，在他臉上劃出一道帶著綠邊，透明的痕。綠邊一點一點浸染開來，把透明的痕越拉越大，逐漸看得到頭臉後方的景物。沒一會兒，他的臉形、身形在一道道淚痕中殘破不全。

我也聽到了聲音。

低低的，細細的，像一絲線。不知怎麼形容，讓人毛髮都豎了起來。

抱著小女孩的女人，眼中也流下了一行綠痕。小女孩抬頭看她媽媽，綠光滴上了她的額頭，浸染開來，額頭也有一塊透明。

再旁邊的其他人也是，眼中都湧出了綠光。他們的形體都在綠光下逐漸透明又殘破。

再一陣子，有些人的形體全都消失，有些人的形體零碎不全，空中有一團團的陰森綠光在翕張游動，相互浸染。

而低低細細的鬼哭，像是一絲絲線在串織，越哭越低，沉到心底。

哭聲接著更細，像密密麻麻的蚊子在盤旋。後來雖然小得不能再小，入耳卻每個聲音都清清楚楚。

四周的樹枝、草葉在簌簌顫動。

不搖敲木魚的聲音逐漸加快。

各種聲響也更加撩亂。

錚！

一聲完全不同的聲響。清脆、嶄然，帶著一點迴音在擺盪。

我去看阿鼻劍。悶在布包中，卻不知如何傳來這種聲音。

細微的鬼哭聲、草葉的簌簌聲，都戛然而止。所有的聲音都消失。院子裡，空中的綠光在明明暗暗地吞吐晃動著。還殘餘可見的身軀都轉向我們。

篤！篤！

不搖左手還繼續敲著木魚，但停止了誦念佛經，朝我們這邊望來。

勿生保特一動不動的坐姿，布包裡的阿鼻劍在他膝前。他掀開布包，一層一層。

打開最後一層，阿鼻劍連著劍鞘露出在月光下。

勿生抽出了黑黝的劍，伸手拿起，略動了一下又放下。

我覺得有點洩氣。

剛才錚然一響的阿鼻劍，顯然情形沒有什麼變化。

「你們不是要親近阿鼻劍嗎？」勿生說道。

院子裡的綠光，都後移了。

不搖站起了身，但也只是站在原地。

「善哉善哉。施主。就站在這裡看也夠了。」他說。

勿生把劍稍微往前推了一點。「那你們看吧。」

不搖斜過一點身子，朝著阿鼻劍的方向合掌閉目。院內院外，剛才一直在游移不定的綠光，也都定在原處，不再閃爍不定。

時間過了好一會兒。

他們仍然是一動不動。

又過了好長一會兒，也仍然是沒有任何動彈。

月亮把不搖的影子拉斜。

阿鼻劍依然靜靜地躺在那裡，再沒有任何聲息。

綠光都依然在原地，沒有游動。

「他們失望了吧。」勿生淡淡地說。

不搖慢慢睜開了眼睛，他好的那一邊眼角，有一滴淚水。「施主此話怎說？」

「看到一把鈍劍。」勿生答了一句。

「非也。」不搖說。「他們正是因為知道阿鼻劍現在沒有鋒芒，才能在這裡得以親近。」他停了一下，「否則，阿鼻劍哪是他們能消受得起的。」

「那他們要親近的目的是什麼？」我忍不住插嘴問。

「想看地藏菩薩的願力能否讓他們渡脫苦厄。」不搖說。

「那他們現在滿意了嗎？」勿生問。

「剛才聽到那一聲，已經無上欣慰。」不搖回道。

勿生伸手握住了阿鼻劍，慢慢站起身來。劍在他手裡，仍然很重。

「不動和尚說過，我參不透阿鼻劍的佛性和魔性皆空，就沒法使這把劍，而只能為劍所使。」勿生對著那些綠光問道，「那我請問這又是怎麼回事？」

不搖沒有停頓就回道，「在施主參透之前，不妨知道一點就好。這把劍殺的惡人還不夠多，所以還不穩定。」

「可是我使得不趁手，又拿什麼去殺人呢？」勿生問。

「施主一直不知道人是否該殺，」不搖說道，「阿鼻劍使得不趁手還能殺得了人的時候，就可以知道的確是該殺之人了。」

勿生愣了一下，輕嗤了一聲。他停了一下，又輕笑了一聲。再停一下，哈哈大笑。仰天哈哈大笑起來。

這陣子，我頭一次聽他這麼開懷大笑。

良久，勿生止住了笑聲。

他的眸子在黑夜中亮亮的。

「說得好。解了我心頭大惑。」勿生說，「不枉我留下來。」

我想到不搖昨晚說的，「那燕子錢東說的藏寶之地呢？」

不搖回道，「今天才第一晚，他們要和兩位再共處兩晚，才有得說。」

勿生沒再理會我和不搖的談話，只顧自己一手持劍一手托劍，往前走了幾步，在月光下端量，接著憑空甩動了一下。

院子裡的綠光都倏然後退散開。

「對於這把劍，他們還知道什麼我不知道的事？」勿生問道。

不搖唸了聲佛號，接道，「那也等到三日屆滿再行奉告。」

我們這樣在廟裡待了三天。

第二天晚上和頭一天大致一樣。

白天我們歇息，不搖打坐。

到了晚上，人都又來聽經，又在淚光中殘破消失。和頭一天不同的是，最後院子裡人形全都消失，只有晃蕩的綠光。也依然都離阿鼻劍遠遠的。

想到再過一天就可見分曉，我們也熬過去了。

到第三天，我醒過來之後，想到今晚可以知道燕子錢東的藏寶之地，心頭一熱。

路上看到那麼多人豪奢浪費，財富非搶即劫，我一直在想，如果我們能不搶不偷，也有一些錢多好。可以自己不必那麼侷促，也能幫幫需要的人。能找到錢東的藏寶，一切都不一樣了。

那晚，依然是月明如晝。

院子裡依然綠光、人形森然，不搖也依舊默唸他那部不知名的經。

月亮已過中天，偏斜了。照前兩夜，到了要散的時候，可還是沒有任何動靜。

我想問不搖一聲。他沒有看我們，只說了一句，「再一會兒就到了。」

也就在此時，我頭一次看到這兩天一直均勻穩定的綠光開始有些暗淡，也逐漸有了褐色，或紅或紫或黑。形狀也開始變化，有些或絲或縷，有些成團成塊。

不搖仍然口脣微動地唸經，敲木魚的聲音漸急。而院子內外的顏色越來越混濁，許多形狀也更形扭曲。

匆生只是靜坐注視。

逐漸有了聲音。起初吱喳、哭泣的聲音，逐漸加入此起彼落的尖叫、哀嚎。陰森混濁的光，四處游移、脹縮吞吐。上下騰落，周圍越來越大。

也就在這時，我也聽到了還有些別的，和這些鬼哭陰嚎不同的聲音。我傾神細聽。雖然也是聲音，就是不同，來處也不同。是山下。

勿生起身，往院子邊緣，可以望向山下的方向走去。

我跟過去，看到一片火把正沿著山徑上來，火光中可以看到人影幢幢，還有一些高幡。

院子裡的綠光、褐光上下游移、扭動著，鬼哭陰嚎的聲音越來越大，但大大小小的起伏，聽得出在克制著。

不搖只是繼續在低頭唸經。

沒多久，越過院子半塌的牆，可以看到外頭一片熾亮的火把，幾片高立的白布幡上有些蛇走龍飛的咒語符號。

剛才一直低沉、壓抑的鬼哭陰嚎聲，突然迸出了巨大的嘶嚎及怒吼。綠光、紫光、紅光、褐光匯聚在一起，像是迸出一個大火球，才彈起在空中，卻又被什麼壓了下來；才要往院子外面竄，像是被什麼封住，又倒退回來。

我逐漸看出，有個無形巨大的力量，把這些蹦竄的鬼火框了起來。上下左右都像是有個框，把鬼火侷限成一個巨大的磚頭。

鬼火、嚎叫聲都想掙破那個無形的框，卻又掙扎得更凶了。磚頭逐漸在縮小。

這時，有一個人推開歪著的木門走進來。

月下，雪白的僧袍流動著光。

我跟勿生都不由得叫了一聲，站了起來。

進來的是完整的不搖。

這個不搖的臉是囫圇的，左右臉都完整，潔淨光圓。

不動和尚！

五七 不動不搖

不動把院子看了一遍。

他的臉上似笑非笑，瞄過我們，望向不搖。

不搖已經站了起來，立在那裡，木魚的棒子留在小几上。他伸手一抄，把几上半部經卷收進僧袍。

他的目光直直地盯著不動。

「師弟，久違。先祝法喜充滿。」光潔的不動雙手合十，向不搖問了個訊。

不搖直直地站在那裡，身上和臉上，都僵得像塊鐵一樣。左半身繃得緊，右肩就顯得更歪斜了。

院子外的火光更亮，有更多腳步聲，卻不聞喧譁。

哐啷，有人把小門掀翻。半塌的牆嘩啦倒了更大一片。火光映著一個魁梧的黑影。黑影邁進了院子。一些人擎著火把、幡幟也進了院子。有人手持刀劍，有人是亮晃晃的長槍。

院子裡外通亮。

剛才的黑影，是一個全身黑甲黑盔，面部在眼睛以下蒙著黑布的人。盔甲看來是鐵製的，手裡的長槍形狀也特別奇異。再看，也不是長槍，是一把很像是陌刀的武器接在一個槍柄上。

嗤嗤。

不搖發出一種怪異的聲音。我想了一會兒才意識到那是笑聲。

「師弟？不叫弟弟了？」不搖說道。他沙啞的聲音尖細起來，讓我想起頭一次見到血惡的時候，他那怪腔怪調。

「阿彌陀佛，我們都出家這麼久了，師弟還一直記著紅塵往事，」不動平靜地說。

「豈不辜負了師父給我們取的法名？」

「還記得法名？你還記得自己叫『不動』？師父說的『對一切境，不動不搖』，是你這副德性嗎？」不搖不只是聲音尖怪起來，語氣又快又急。

「阿彌陀佛。師弟自己這些年來精通召鬼，佛門子弟這又是什麼德性？」不動倒像是前幾天的不搖，臉上不顯任何情緒。

不搖的臉，在火光與鬼光的交相映照下，扭曲著。

「不都是你害的！」他淒厲地叫了一聲。

「阿彌陀佛，好說好說。」不動回道。「出家人不打誑語。師弟萬莫這麼說才好。」

褐色光塊裡，光影在翻騰，像是要掙脫出來，卻被一個透明的盒子給框了起來。盒子原本一直在緊縮，剛才停住，這一會兒就停留在三尺見方的大小。

不動略側了下頭，問身後，「這些孤魂野鬼，要怎麼收拾乾淨？」

黑盔黑甲的人悶聲說道，「壓不下去。」

「壓不下去？」不動輕問。「師弟現在的本領還真是不小啊。」

不搖臉上怒脹的紅色，在火光下已經退成一片慘白，這時嘴角抽搐了幾下，泛起一抹好像可以稱為笑容的表情。

「哪裡的話，原來這世上還有不動大師處理不了的事。」不搖終於比較平順地講了一段句子。

不動從剛才進了院落之門，從沒有正眼看過我和勿生。這時頭一次瞄向我們。

「一些日子不見。兩位別來可好。」不動的笑容仍然十分溫暖。「前次不告而別，其實有一半緣由，就是因為突然得知多年未見的師弟有消息，趕快動身，沒想到直到今晚才找到他。」

若不是他教我那句呼風喚雨的咒語，我們已經死在黃五放的火裡。本來看到他就應該趕快去謝過，可是剛才聽他和不搖說了這麼一陣話，我只覺得五味雜陳。

看勿生，他微皺著眉頭，不像前兩天看到不搖的時候那麼欣喜。

「那不動和尚不告而別的另一半緣由又是什麼呢？」他問出了我想問的話。

不動看看勿生，看看他面前布包裡的阿鼻劍，輕笑了一聲。「就是等著看勿生大護法能把阿鼻劍參到什麼樣子。」

勿生冷冷地反問了一句，「我參到什麼樣子，和大和尚又有什麼干係？」

不動哈哈笑了一聲，「干係可大了。勿生大護法一直不能用阿鼻劍的話，貧僧又怎麼能用呢？」

從剛認識不動和尚起，我就把他當成精通各種法術的高僧看待，也感謝他對勿生和阿鼻劍的坦誠指點，免了我們很多疑惑。但現在覺得他說到阿鼻劍的口氣，話裡有話。

「此話怎說？」勿生的語氣也更冷了。

不動沒有回答，笑了一笑，「兩位施主不想知道，貧僧是怎麼把這些野鬼收羅起來的？」

他的問話，倒是不搖搶著答了，「不動師兄不像我，只會召鬼。不動師兄是見鬼殺鬼，見人殺人。」他臉上又浮出那說笑不笑，說哭不哭的怪異笑容。「這是大日如來的咒語威力，再怎麼厲鬼、惡鬼也可以在彈指間化空。不動大師練這一招已經有二十年，最是殊勝。師兄，對吧？」

不動沒接腔，說道，「師弟，知道殊勝，經就給我吧。」

「給你？」不搖回了一句。他說得很慢，悶悶地，聽得出來在壓制激動的心情。「過了這麼多年，你還是把這句話講得這麼輕鬆？」

「師弟，這件事情本來就是如此輕鬆。是你想不開，越擰越緊。」不動說，「當年你死裡逃生，也是我佛慈悲，可這些年不努力修行，怎麼反而光是練些召鬼的手段？」

嗤嗤地，不搖發出了些聲音，是笑聲吧。「為什麼？這你不是最清楚了嗎？」

「師弟，我不清楚。戰亂中，人各有命。」不動說。

不搖的聲音轉為尖厲，「不是你嫉妒師父把經給了我，把我們藏身之地出賣給朱全忠的兒子，何至於兩百多條人命變成孤魂野鬼？」

飄浮在空中的透明光塊驀地急劇地顫動，波然一聲像是掙脫了什麼束縛而變大。

不動看著，帶著詫異的聲音說道，「這些鬼是他們？這麼說，你不是召鬼，是在養鬼？」

嗤嗤地，不搖說道。「不知道不動大和尚有沒有想過一件事？」

不動望向他。

不搖又笑了兩聲，「大日如來神咒、阿鼻劍，都是驅魔滅鬼的無上利器，怎麼今天會兩者並現，但是這一群孤魂野鬼到現在反而不像往常，在不動大和尚指顧之間就消失了呢？」

透明光塊又波然一聲變大了一截。波形也破了，四處凹凸鼓陷，成了猙獰的一團。

不動輕笑一聲。「負隅頑抗。」

他雙掌合出一個手勢，凌空幾點，懸浮在空中惡形惡狀的光團逐漸縮小，又慢慢收攏成一個光塊。

說著他凌空一抓，把光塊一下子握進手裡。「師弟要看看大日如來怎麼滅鬼了嗎？」

不搖望著他。

不動臉上的笑容越來越大。右拳也越握越緊。

「等一下！」不搖淒厲地大叫。

不動沒有理會他，右拳已經全然握緊。

不搖猛然從懷裡拿出那部經卷，「你再不放手，我就把它撕了！」

這時不動朝不搖甩出手裡的光塊，不搖伸手要接。

轉瞬間，不動閃過去，一掌擊中不搖，另一手從他手裡搶走那部經，身形又倏然退回原位。

被不動剛才震得口中滲出血絲的不搖，歪著身子，還沒有倒下。

不動剛才扔出只剩骰子大小的一個小光塊。不搖沒有接住，滾在腳邊。

不動很快地看了那半部殘經幾眼，揣進了懷裡。和我初見他的那天一樣，熠熠生輝。

不動朝那黑盔黑甲的人說了一聲，「可以了。」

「不動大和尚這麼早就說可以了？」不搖歪著身子說道。

不動淡淡地回道，「師弟，不必執著了。我剛才也廢了你召鬼的能力，你就把剩下的一點鬼魂超渡了，也是功德無量。」

不搖彎身，從腳邊撿起了那個骰子般的光塊，起身，吞了下去。

他脣角的血絲還在，伸手抹了一下。隨他抹過的地方，他的臉少了一塊，也成了透明。透明的邊緣，也有綠痕。

嘻嘻嘻嘻。

「我把他們都超渡了，誰又來超渡我呢？」不搖帶著嘻笑的聲音說道。

「你？」不動的臉色變了一下。

五八 解恨

勿生也揚起了眉頭。

接著，不搖的臉頰在空中逐漸消失。臉、頭都消失，只剩下身子立在那裡。然後，軀體也一點點消失。

不動喝了一聲，很快地說了一句話。

院子裡外的火光中，幡幟錯移晃動，交換方位。

「不動大和尚，沒有料到吧。」不搖的聲音在飄飄蕩蕩。不動沒有出聲，口中唸唸有詞，手指往不搖的方向凌空疾速一點再點。不搖殘存的軀體也波然消失。

也就在不搖的殘軀全部不見之際，空中卻傳來嘻嘻的笑聲。笑聲細尖，既得意又淒厲。「等了這麼多年，終於等到這一天！」

不搖的聲音在晃晃悠悠，「別人看不出我的人身是假的。把大日如來神咒練得這麼好的你，怎麼也看不出來呢？」

「你？」不動又問了一遍。這次深深嘆了口氣。「師弟，這是造什麼業啊！鬼要維持人形，這要吸多少精血，害死多少人啊！」

一陣吱咯尖銳的聲音過後，不搖回道，「造業？你造的業呢？」

不動揚了揚眉，也拉高了聲音，「我要這部經，有大用！」

「大用？師兄，有大用就害死兩百多人？害死你師弟？」不搖的聲音透著調侃，又透著惱恨。

「我是為了復國，解百濟人三百年的恨！」不動昂然說道，「我可沒想害死那些人。

你把經給我，何至於此！」

不搖的聲音平靜下來了，又是沙啞，「師兄，一切有為法，如夢幻泡影。別人不懂，我們佛門子弟怎麼也不懂？你對我也能下此毒手？」

不動搖了搖頭，「剛說過，那不是有心的！你會出事，更是意外。」

不搖的聲音忽遠忽近，「你告訴了朱全忠的兒子，還好意思說死了兩百條人命是意外？」

這對師兄弟的事情很清楚了。不動想搶奪師父給不搖的經，害死了他跟兩百多人。不搖為了報仇，為了要維持人形，這麼多年來也害死了很多人。

勿生拿起布包起身。

以我們見識過不動和尚的功力，要收拾這個成了厲鬼的師弟，不成問題。但是想到他師弟何以落到這個地步，我對不動原來的敬重之意早已不知去哪裡了。連他教我那祈雨的咒也覺得沒什麼了。

「別急著走。兩位請留步。」不搖的聲音在空中晃悠，「後面的戲才好看。」

「我不想看了。」勿生說。

「這也不是想看不看的。」不動沒有看我們，只是盯著空中不搖說話的方向。「勿生施主要參阿鼻劍，再好莫過於看貧僧如何料理這些事。」

火光下，他身後巨大黑盔黑甲的人，手裡刀光流轉。

不動轉向空中笑了一下，「師弟，大日如來神咒對誰都是一樣的。不搖和尚成了鬼，也沒有什麼不同。」

不搖的聲音飄飄蕩蕩，「師兄，鬼無定形。說不定我就不一樣？」

不動說了一聲「好！」他手勢一揮，院子內外的火把、幡幟快速移動，呈現新的陣勢。接著他單手連續變了幾個手印，喝了一聲「吽！呸！」

已經沒有身形的不搖，突然又逐漸現了模樣。

不動繼續手印紛飛，嘴脣飛快地唸著什麼。

在火光下，不搖的身形越來越明顯，不停地變幻，一會兒是整個身形燒得焦黑，一會兒又全身潔白，一會兒又是個血人兒。

他不停地掙扎，忽大忽小，最後終於一路縮小。看來就要比剛才的光塊還要小的時候，突然暴漲騰空，不只身形有黑盔黑甲人兩個大，身上更冒出幾十、幾百個綠、紫、紅、褐各色大小不一，張牙嘶嚎的腦袋。男女老少都有。梳著雙髻的小女孩的尖牙尤其刺眼。有的手裡還抄著兵器。那個面龐方正的男人更伸出一根像是骨頭的巨棒，帶著轟然之聲，朝不動劈頭揮下。

「擋一下！」不動喝道。

呼嘯風聲響起，黑盔黑甲人掄起長刀，掃向不搖的身體。不搖和他身上長出來的頭顱、兵器虛實不定，忽地像是聽到交擊之聲，又好像只有凌空掄過的聲音。

趁著這個檔兒，不動又掏出了懷裡的半部經，就著火光飛快地翻閱著。說是一目十行，就是那個快法。

火光騰躍在他光潔的臉上。他聚精會神地翻動著經卷，臉上有一種難以形容的神情。再多年後，我才想得出怎麼形容。那是混合了滿足、得意、狂喜、卑微、驕傲的一切。

不搖巨大的身形一掃，把黑盔黑甲人的頭盔掃飛。黑甲人大喝一聲，長刀帶著呼嘯風聲，把不搖一劈兩半。但不搖嘻嘻一笑，兩半的身子又各分成兩半。看來不搖打起黑甲人是實的，黑甲人打到的不搖卻是虛的！

就在這一刻，不動大喝一聲，右手一揮，一個手印從院子裡的火把引出一條火龍，燒上了不搖。他再一喝，另一個火把也竄出一條火龍。轉眼就三、四條燒上了不搖。

不搖慘嚎一聲。猙獰騰移、五色交雜的身體燃燒起來。幾條火龍纏繞著他，裡裡外外地吞噬他。

然後聽不動喝了一聲，「嘛呢！」剎那間不搖的身影消失，火龍也都消失，只剩院子內外的火把還在燒著。

我目瞪口呆。不知因為火龍還是什麼，頭上濕涔涔。看勿生，他的額頭也有汗光。

這是一部什麼經！不動到底有多厲害！連大日如來神咒都制不住不搖，不動竟然看完這半部經之後立刻就把他制伏了！

五九　把阿鼻劍給我吧

不動閉目合掌了一會兒。接著他睜開眼睛，向黑甲大漢說道，「阿彌陀佛，貧僧可以圓滿回報雲王了。」

我順著不動望過去。不搖把黑甲大漢的頭盔掃走，臉上蒙的黑布也不見了。剛才光顧著看不動和不搖鬥法，竟然沒看出是他！

雖然身上穿著鐵甲，打扮和過去不同，但是在四周的火光下，加上他那從左鬢留下的長鬚，清清楚楚地就是鄒朗！

他手裡拿的正是陌刀！裝了長柄的陌刀！

上次鄒朗用的是短柄，這次是長柄。先前只覺刀形特別，這時在火光下清楚地看到那不是陌刀是什麼！

只是不動剛才制住不搖的那一景太過震撼，看到鄒朗我也沒叫出聲來。

我只是來回地想：鄒朗怎麼會和不動在一起！

鄒朗在和勿生對望。他臉上沒什麼表情，火光照得他的眼睛、鐵甲、陌刀都在閃耀。

不動伸手指指鄒朗，「早就見過吧。他在吳越國待不下去，又想尋找他陌刀三碎的兄弟，來投靠雲王。這次我就帶他一起來見兩位了。」

鄒朗一聲沒出。以前他就不屑於正眼看人，刻下看他是連話也懶得回。

「雲王？折騰這些，和雲王有什麼干係？」勿生問。

不動光潔的臉上收起了笑容，一片肅穆。「施主可記得貧僧說過也有一事相托？」

「當然。」勿生說。

不動說道，「貧僧生平一大心願，就是復百濟國。如果施主真能使用阿鼻劍，貧僧原來想請託的是：請施主助貧僧復國一臂之力。借雲王之軍，借阿鼻劍之力，再加貧僧所學，三者並舉，大事可成。」

「雲王自己在晉國還自顧不暇，怎麼會答應助你復國呢？」勿生問道。

「貧僧也有可助雲王成大事之處。」不動語氣深沉地說道。「貧僧前次去吳越國，一是算到阿鼻劍在南方出世，二是探一下回百濟的路，三也是幫雲王看一下南方各國的虛實。」

聽他這麼說，鎮國公怎麼對雲王有忌憚，還有十八惡道為什麼暗地要跟雲王討喜，好像都清楚了。

我看一身鐵甲的鄒朗，還有院子內外，林間的軍士，這都是雲王的人馬了。我們一路往北走，沒想到已經來到他的地盤。

「你怎麼知道我們在這裡？」勿生問。

不動輕笑一聲，「貧僧原來就知道幾位往北來，這位小施主路上用了呼風喚雨之咒，就更方便貧僧知道去哪裡迎接了。」他又笑出了聲音，「只是沒想到，結果連貧僧師弟都一起遇上了。」

聽不動輕描淡寫地講這一切，真是天下事莫不在他掌握中。我頭上的汗更濕了。

接著，不動朝勿生說道，「時候不早了。就把阿鼻劍給我吧。」

剛才不動一路說了這麼多，雖然心裡已經有數，聽到他這句話還是大感震動。

「什麼？」勿生冷冷問道。

「阿鼻劍現在已經殺過人，斬過鬼，去過妖，三氣具足。」不動慢慢地說道，語氣十分溫暖，和那天晚上來講阿鼻劍來由的時候一樣，「可惜勿生施主仍然還沒有參透怎麼使用，這就是因緣不足。阿鼻劍理當另有明主了。」

「說來說去，不動和尚也是要搶阿鼻劍啊。」勿生停了一下，「那在寧西王府的時候怎麼不動手呢？」

不動看不出年齡，分不出男女的俊美臉上浮出一抹淺笑，「當時貧僧也是因緣不足。就算拿到阿鼻劍也難以使用。」他的笑容更大，「現在我終於取回師弟手上這半部經，有了可以使用阿鼻劍的法力。這就是因緣成熟了。」

他說話的聲音那麼輕柔，一切都順理成章。

看過不動降伏海妖，使過借境移位之法，隨意教我一點咒語就能呼風喚雨，一身本領本來就深不可測，現在又得了那半部經！身旁還有一身鐵甲陌刀的鄒朗！我看勿生，他深深吸了口氣。

「施主不必傷感。」不動像是看透我們的心思，說道，「這樣下去，不只是辜負阿鼻劍現身亂世的因緣，更不知阿鼻劍還另有他用。何不讓賢，更能利益一切有情？」

「阿鼻劍還有他用？」勿生問道。

不動點了點頭。「再說說也無妨。施主可知道，唐朝中葉之後，有兩大無上至寶消失不見？」

有于倫說的那一段，我相信其中一件至寶應該是六祖的衣缽了。不知他說的另一件至寶又是什麼。

不動和尚說了，「一件是六祖的衣缽，一件是大唐密咒修持總典。六祖的衣缽固然可貴，密咒修持總典更是無上法要，只是在會昌滅佛之後，這部總典和所有法器也跟著不見。」

他看看我們的表情，知道我們兩個人都沒聽過，就接著說道，「兩位施主覺得貧僧懂些咒語，有些法力，可是和密咒修持總典一比的話，總典有如浩瀚汪洋，而貧僧所學，不過一片海鳥羽毛切成千段，其中一段所沾到的海水而已。」

我想到他教我的一點咒語就能立即引來大雨澆熄桐油大火，而說到密咒修持總典竟然如此自謙，深感震動。

勿生也靜默無語地聽著。

「只可惜唐密就此失傳之後，今日竟然只剩日本的密教為人所知。真是不知日月光華而只知燈燭之火。」不動說道。「雲王言及密咒修持總典失傳之恨，和貧僧的百濟滅國三百年之恨，不相上下。所以我們氣息相投，早已承諾相互扶持成事。」

我看看鄒朗，看看四周雲王的軍士，都面無表情。

不動輕咳了一聲，「至於阿鼻劍的他用，據貧僧所知，如何找到密咒修持總典之祕徑，就在阿鼻劍上。」又頓了一下，「也必須能使用這阿鼻劍之後，才能得知所以。今天貧僧終於有此殊勝因緣，施主何不慷慨布施？」

勿生也陷入了沉思，一直看著不動。

「現在就請把阿鼻劍交給貧僧，就此別過為美。」不動緩緩說道。一面慢慢伸出了手。我想起了小梅伸手想去托住阿鼻劍那一刻。

勿生退後了一步。「不給呢？」

「那貧僧就只好先請鄒朗施主拿了。」不動望一眼鄒朗，泛起了一抹微笑。「看鄒朗施主是否可以在雲王跟前立下一功。」

「樂意之極！」鄒朗聲若洪鐘地回了一句，跨步向前。他破空揮出陌刀，刷的一聲。

這麼長的時間，我從沒有真正擔心過勿生會失去阿鼻劍。即使是寧西王拿去三個月都沒還的時候，我也只是急著想知道劍何時還回來，沒擔心真的就此不見。

我牢牢地相信，勿生和阿鼻劍是一體的，別人搶不走的。

可是到不動說這句話的時候，我覺得他是可以說拿就拿走的。

但也就在這個時候，有一個聲音響起，「等一下，怎麼拿也要看看我吧？」

六十　薩埵嘛呢

這次的聲音不是在空中，卻是從不動那個方向來的。

「你在哪裡？」不動猛然回身查看，他的聲音陰沉了下來。

「你說呢？」不搖的聲音十分輕快。

我全身寒毛都豎了起來。不動的脣齒在動，這不搖的聲音竟然是從不動口中發出來的。

不動沒有出聲，緊盯著四周。他一直從容自在的臉上，第一次閃過一抹驚慌的神色。

勿生皺起了眉頭。

鄒朗緊繃著臉。

「我知道，你在想，魂魄無形，為了有形，我竟然殺人吸其精血，造這麼多孽，有何面目見師父？」不動的口唇緩緩地繼續傳出不搖的聲音，「再說，邪不勝正。我用這一套怎麼能和大日如來神咒相抗？」

不動臉上的神色更驚慌。看得出來他想停住自己的口唇卻不能。

「這是怎麼回事！」不動終於發出了自己的聲音。額頭上泛起了汗光。

「噗……都是因為你貪心。」不動臉上汗水更亮，但換上了不搖輕巧的笑容。笑中透著得意。「師兄，你想要這部經的貪心太重，想拿到阿鼻劍的貪心太重，都讓你這麼聰明的人糊塗了。」

「糊塗什麼？」不動急促地問。

「我花了這麼多時間，練出來最重要的，其實並不是凝神聚形。」不搖輕輕地回答。

不動的臉更扭曲，掙扎著想說什麼又說不出來。

不搖的臉鬆開，「師兄，你一直急著要問，我怎麼回答呀？」

鄒朗在不動身後一動不動，像個雕像。

不搖像是在賞月般走了兩步，「師兄啊，我強求人形，最要緊的是練兩個字。師父的字。」

不動剎足而立，有一行汗水流下了他的臉頰，他的眼睛瞪得很大。

不搖淺笑一聲，「我從經裡抹去師父兩個字容易，要再寫兩個字，和他一模一樣的字，讓你分不出是我寫的字，可不容易啊。」

不動的臉上，雙眉猛然深深緊鎖。

一會兒，又緩緩舒展開，出現愉悅的笑意。

「師父一直說我的字比你寫得好，寫得像他。我本來以為寫這兩個字沒那麼難，」不搖頓了一下，「沒想到練了二十年，才終於寫得可以和上下文相連，你看不出任何破綻。」

他的話音方落，不動的聲音大喝了一聲，「你改了什麼字！」

接著，是不搖大笑之聲。

「就是你剛才引出火龍之法啊。」不搖掩不住滿心的喜悅，「我把咒語『薩埵』兩個字改成了『嘛呢』。」

不搖的開懷大笑和不動的惱恨嘶喊同時響起，像是捲起了大風，院外的幡幟都飄動起來。

大笑和怒喊聲一起出自一人之口，他臉上左右交錯著狂喜的舒坦和暴怒的猙獰，樹葉也為之簌簌作響。

「改了那兩個字是什麼意思？」勿生終於開口問了一句。

怒吼聲漸歇，笑聲也落下，不動一頭分不清的汗水和淚水。他抬起僧袍，用衣袖抹了一把臉。

「薩埵是有情的意思，要吐氣。嘛呢是寶珠的意思，要吸氣。」不搖的聲音回答了，「火龍應該是把我燒得煙消雲散，薩埵吹走，但是他把我嘛呢吸進了身體供養。」他咯咯地笑起來，「所以我這才和我的哥哥、我的師兄，當真是同體大悲了。」

六一 方便之路

我聽得駭然。相信勿生也是。

「那你要怎麼辦呢？真的是要等到我修得和你同登無上菩提那一天？」不動知道了真相之後，顯然平靜了下來。他的語氣又回到剛才進門時候的那種淡然。

「不，不。」不搖依然笑盈盈的，「師兄，我們有一條方便之路。」

不動沒再出聲，顯然是等不搖的下文。

不搖踱著步，晃晃悠悠地朝我們走了過來，在勿生面前大約七八步的地方停住。

「師兄，我們兩個不是要同心斷金，而是要同心取金。」說著，他伸手指了指勿生。

不動想了一下，「也好。」說著，他朝勿生走去。

「等一下！」鄒朗說話，聲音像悶雷，「剛才不是說好了我來動手？」

是不動的聲音回道，「要不要你動手，聽我的就好。我拿下，還是會給你記上一功。」

鄒朗沒有出聲，只是望著不動，眼睛瞇了起來。

勿生問了，「你怎麼不先想想怎麼對付你師弟，還聽他的話，要一起搶阿鼻劍？」

「阿彌陀佛。」不搖唸了聲佛號，「我師兄中了貧僧的道，要把我趕出他的身體，有個咒語只能借阿鼻劍之力。」他說話的聲音帶著一些笑意。「這還得要他跟我一起搶，看誰先搶到。」

勿生大聲又問了一句。「你花了這麼大功夫，終於進了他身體，現在又要跟他一起搶阿鼻劍做什麼？」

「水幫魚，魚幫水。」不搖輕嘆口氣，「阿鼻劍現在即使鋒芒全無，但過去三天，我只有陰身的時候，想親近一下，仍然靠近不得。」他又笑了兩聲。「現在託我師兄之福，有了這個陽身，有幸能握握阿鼻劍，想必也可以讓遊蕩了二十年的魂魄得以休息。」

「噢，你們兩個不共戴天，為了阿鼻劍，卻可以相互幫襯，真不容易。」勿生慢慢說道。

「是啊。至於你，勿生大護法，你也要歡喜隨緣才是。」不搖輕笑。

「什麼？」勿生問。

「歡喜隨緣，拿阿鼻劍來試試我們是否該死之人。」不搖聲音有些低沉下來，還是帶著笑意，「這也有益於你更進一步參透阿鼻劍。」

不搖又抬頭看了看月亮。

「天不早了。我們就來淋漓一戰吧。」不搖柔聲說道，「是不是？師兄？」

不動哼了一聲。

呼嘯一聲，我看到火光中耀目的刀光帶起一陣風。不動騰身，就在分毫之間閃過陌刀。鄒朗竟然對不動動手了！

「不行！說了他是我的就是我的！」鄒朗吼道。

「找死！」不動喝了一聲。

我想不明白。不動都說會照樣給鄒朗記上一功，鄒朗怎麼還是非要和勿生來這一場？不惜和不動翻臉？勿生說鄒朗小氣，果然非同一般。

「我要跟鄒朗打！」勿生說。

「咦？」不動望了勿生一下，「噢，我知道了。你是想看看跟鄒朗打，能不能見點血，讓你叫醒阿鼻劍吧？」

「怕了嗎？」勿生說。

「呵呵，用這點激將法啊。」不動說。

「讓他去吧。他先叫醒，我們也不是沒有好處。」這是不搖的聲音。

「囉嗦！」鄒朗大吼。呼嘯一聲，陌刀揮來，像是颳起一道旋風，院子裡的幡幟獵獵作響。

勿生不閃不躲，雙手持劍，猛力迎上。

咚！巨大的一聲。像是空心木頭的聲。

趁著這一格，勿生猱身向前，又劈下一劍。

鄒朗的長柄陌刀來不及回防，用鐵槍長柄擋住，想退開身子拉出空間來揮刀。

勿生不給這個空間，不停前逼，繼續一劍一劍劈下。鄒朗不停地以槍柄來回迎擋。

咚！咚！

咚！咚！咚！咚！

空心木頭成了實心木頭的聲音。

我一陣狂喜，差點叫了出來。

第一次看勿生啟用阿鼻劍的時候，聽過聲音的各種變化。從空心木頭，到實心，到金鐵，到叮的一聲！鋒刃一路打開！

現在聲音變了，阿鼻劍就要開了！

再咚一聲！

阿鼻劍顯然還是沒有開鋒。

這時鄒朗跳開，手裡不知怎麼轉了一下，長槍柄分成兩截。

鄒朗扔掉一截，雙手握住短柄，完全是在寧西王府的時候拿的陌刀了。

鄒朗大喝一聲，一刀一刀砍向匆生。他手拿短柄陌刀俐落非常，刀光更是如雪練般四處遊走。

看匆生，這一會兒已經一頭汗水，回手不像剛才那麼快。

咚！咚！咚！咚！

聲音不斷。

鄒朗不像上次還顧忌他的陌刀刀鋒，不願和其他兵器相砍，此刻完全是戰陣打法，沒什麼招數，不分刀背刀刃，就是要一刀一刀砍下，把你劈開。

匆生奮力一次次噹然擋開，臉上汗水，清楚可見。

出來啊！出來！阿鼻劍！

我心急著。阿鼻劍開鋒的話，一定可以切斷這把陌刀！

但是隨著擊聲不斷，阿鼻劍一直還是那個實心木頭的聲音，沒有再改變。

不動一直盯著匆生和他手裡的劍。饒有興味地看著，嘴角微微帶笑。

六二　歌唱的劍

鄒朗的力氣像是用不完，殺得性起，不停地大喝，陌刀所過之處，幡幟飈動。

勿生越來越只能騰挪躲避，頭髮都散了開來。他不時找空劈向鄒朗，刀劍相交，發出震耳的聲響，還是咚咚！

勿生腳下一個踉蹌，陌刀如影隨形而至。

咚！

就在勿生閃過，陌刀走勢用老之際，勿生又躍起，一劍劈向鄒朗。

咚！

鄒朗反手一刀擋劍。

「吽！」勿生躍起，吼出一聲。

我想起他在智覺寺那一景，瞪大了眼睛。

咚！

果然，如不動所說，勿生所會的咒語只能在阿鼻劍醒了的時候如虎添翼，卻沒法喚醒阿鼻劍。阿鼻劍還是一把鈍劍。

但就在刀劍都盪開，兩人都空門大開之際，勿生不退反進，一頭撞上鄒朗，結結實實地撞上鄒朗的腦門。

鄒朗跌退了兩步，也就在這個剎那，阿鼻劍又「咚！」一聲砸進鄒朗的腦門。幸好剛才不搖先打掉了他的鐵盔。

勿生一擊而中，立刻跳開。他的額頭有些血絲。

鄒朗腦門上汩汩湧出血漿混著什麼，慢慢流得臉上到處都是。

勿生望著他，輕哼了一聲，「謝謝你。」

鄒朗的身子在搖晃，望著勿生的眼睛還想用力睜大，只是眼神已經渙散。

我正想勿生是要謝他什麼的時候，勿生又說了，「寧西王要拿下你，你幫我了了他心願，我不欠他人情了。」

鄒朗又搖晃得更大，陌刀哐啷落地，龐大的身軀震得地都動了一下，塵土都飛起來。

「好厲害啊，阿鼻劍不開鋒都能這麼厲害啊。」不搖的聲音說道。

勿生在急劇地喘息著，一頭一臉都是汗水。

「這麼厲害！那貧僧來了！」不動驀然圓睜雙目，唸了一聲怪異的咒語。

院子內外手持幡幟、火把的軍士裡，驀地爆出聲音，有人淒厲慘叫，燒了起來，一些幡幟熊熊騰燒。

我突然覺得自己全身都熱起來，手裡的劍有些把持不住。好像有什麼力量要把劍吸走，漸漸像要脫手而去。

看勿生，他更是一臉通紅，雙手緊握著阿鼻劍，像是在和什麼拉扯。但是剛才和鄒朗這一輪惡戰下來，他已經沒什麼力氣。

爆音更多，慘叫聲也更多，燒起來扭曲的人形也更多。

不動大喝一聲「咄！」

驀地勿生一個踉蹌，阿鼻劍從他手裡飛了出去。

四周的火光熊熊，阿鼻劍在空中掠過，劍身黝黑。

勿生大吼一聲，朝不動衝去。

這時不動已經握到了阿鼻劍，發出一聲難以形容的叫聲。是他和不搖一起發出的聲音，尖厲又歡喜，哀傷又滿足。

勿生來到他眼前的時候，不動一劍揮下，就要跟剛才勿生砍中鄒朗一樣砍入勿生的腦門。

我大叫衝過去，已經來不及。

不動揮下的那一劍如此之快，那個當兒我卻像是看到劍在慢慢飄下。往勿生的腦門飄下。

我想起跟王風一夥在縣衙。幾個人同時招呼，我擋開了鉤子卻擋不開劍，眼睜睜看著王風要把我從胸膛劈開，腦子裡想到的是這真要永別了。

但也就在此時，不動的左手突然用力一掌擊向自己的右腕。饒是四周火騰聲、慘嚎聲不斷，仍然似乎聽到那右腕骨頭粉碎的聲音。

阿鼻劍落地，不動大叫一聲扼著右腕躍開。

勿生又撿起了劍，急劇地喘息著。

慘嚎的聲音和身形都不見，四周只剩下越發翻騰的火浪。

「呵呵，師兄，貪念不要太大啊。」不搖的聲音很柔和。

「閉嘴！」不動惱恨的聲音，在火騰聲中吼出。

「好不容易摸到了阿鼻劍，這是何等福分。怎麼要拿來殺人家的主人呢？這是多大的罪過啊。」不搖像在安撫一個小孩。

不動大叫一聲，左手猛的反掌拍上自己左臉。

結結實實地啪一聲。也有什麼碎裂的聲音。不動悶哼一聲。

他手放下的時候，左臉眼睛吊在外面，左頰骨塌陷，一片紫黑。只剩右半邊臉晶潔如玉。血從他左眼眶裡汩汩流出，滴染上雪白的僧袍肩頭、襟前。

「廢了你。」他吐了一句。那聲音卻聽不出是不動還是不搖的。

勿生橫劍，一手彈了彈劍身。

這次又是不動的聲音說話了，「這麼一點傷，要取你的劍還是易如反掌。」他喘著。接著他再喝了聲什麼，突然院子內外所有的人身上都爆出火焰、慘嚎。許多火焰炸裂，腦袋、胳臂、肉塊帶著熊熊的火飛向勿生，又有許多火焰就像剛才的火龍糾扭翻騰著各從不同方向朝勿生直衝而去。

勿生阿鼻劍一劍一劍揮開。

他也在大吼，「出來！出來！」

阿鼻劍還是沒有變身。但是黑黝黝的劍把四面八方飛來燃燒的屍塊擊飛，把糾結的火龍切斷。火塊、火焰如瀑布般在空中噴灑開來。

斷開的火龍落地的時候，咕咚作響，不是燒得焦黑的屍體，就是旗幡碎桿。

勿生猛力向不動奔去。

不動抬右手，卻忘了手腕已斷，大叫一聲。

趁這個當兒，勿生已經衝到他眼前，雙手握著的阿鼻劍猛力一揮，砸上了不動的腦袋。

不動飛了出去，咚然落地，摔在一堆剛才塌落的圍牆石子上。僧袍越發沾了各色血汙。

勿生朝他走了過去。我也跟去。

不動左半邊頭顱砸了個口子，血、腦漿在不停地湧出來，眼眶裡眼球不知掉到哪裡去了。和不搖相同的是都半邊臉不成人形，只是不搖在右邊，不動在左邊。

不動癱著的身體在抽搐，火光中，他眼神渙散，口齒不清地問道，「你…你怎麼做到的？」

勿生慢慢地說了，「是你師弟教我的。不管阿鼻劍開鋒了沒，殺得了的人，就是該死的人。」他頓了一頓，「所以，就看阿鼻劍殺不殺得了你，你是不是該死的人。」

在林間、院子裡燒得越來越大的火光中，不動的臉，不再是光潔得看不出年齡，俊美得分不出男女，只剩血汙。

他喃喃地說了聲「謝謝……」望著勿生，還想說什麼。

勿生再走近兩步，蹲下看他。

他喘息著說，「謝謝你讓我有臉去見師父了……」這次，到底是不搖還是不動的聲音又聽不出來。

他還想說什麼，勿生俯耳過去。

火浪奔竄，洶洶之聲翻騰。

他一動不動了。

勿生在他身旁撿了顆石子，站了起來。

熊熊的火光，在勿生臉上照出明暗不定的影子。

「他告訴我去哪裡找那個咒語了。」勿生說道。

那個可以要用就用阿鼻劍，可三次用完就要死了的咒語！我啊了一聲，要跟勿生說什麼又說不出口。

他走過來，伸手給我。是他剛撿的石子。

「他也叫我撿一顆給你。」勿生說。

我接過來看，石子烏黑發亮。四方形。不搖院子圍牆上的。

「做什麼用？」我問勿生。

勿生搖搖頭。

我看他手裡的阿鼻劍，黝黝黑黑。

「可以摸摸它嗎？」我問勿生。

他遞了過來。

我摸過劍身上。有些地方沾著血。不見劍鋒的這把劍，剛才竟然殺死了鄒朗和不動。

我的心情波動，呼吸急促，越發覺得手裡的阿鼻劍像是也有氣息。只是和我不一樣，在緩慢地吐納著什麼。

「不用去找什麼咒語了吧！反正它連鈍劍都這麼厲害了！」我跟勿生說。

勿生接過劍，輕笑了一聲，「你忘了嗎？能一，也不見得能二啊。」

火燒得更近，我們走了。

（《阿鼻劍前傳》卷二〈風起八千里〉結束）

跋

寫《阿鼻劍前傳》的卷二，讓我這個剛開始寫小說的人，確實認證了盧貝松和史蒂芬·金兩個人談創作之所言不虛。

法國大導演盧貝松談到創作劇本，說這和健身一樣。剛開始健身的時候，每天固定練兩個小時，會覺得痛苦萬分，又因為看不到進展而沮喪。

持續一個月後，慢慢感覺肌肉有了強度，身形出來了。

兩個月後，有些更美好的成果。

三個月後，可能展示得讓別人羨慕了。

四個月後，走在路上虎虎生風，於是覺得應該休息一下，慶祝一番，大吃大喝起來。

等大吃大喝休息完，一切都毀了，又得從頭經歷一遍那可怕又痛苦的過程。

盧貝松說他每天固定時間寫劇本，天天都在練身體，沒有放縱的長假。

在幾米的《繪本的夢想與實際》裡讀到這個故事（幾米說他也是從沒有中斷），深有同感。因為寫《阿鼻劍前傳》卷一的過程，就好像是走了一趟那個健身過程，終於寫好的時候也好像有種練出身形的感覺，但是在書出版之後，因為要忙種種其他事務，結果就中斷了很長一段時間才著手寫卷二，也因此動筆之後就又進入一個痛苦掙扎的過程，直到最後又逐漸調整出寫作的感覺。

盧貝松說的確實很有道理。

當真每天固定時間寫作的好處，美國小說家史蒂芬．金也說了個比喻。他在《史蒂芬．金談寫作》這本書裡說：創作者應該每天定時、定點，在一個固定的地方寫。這樣繆思女神才會知道到哪裡來找到你。

史蒂芬．金說：很多人認為創作的靈感來的時候，要趕緊抓住，以免流失或枯竭。但他的經驗是：如果每天定時定點寫，每天寫四小時，那麼創作的靈感就像是水龍頭，每天開始寫的時候就打開，寫好就關掉，永遠不必擔心第二天會沒有水。

卷二寫到後來的時候，我終於也有了這種感覺。

史蒂芬．金說的也確實很有道理。

所以記在這裡，一方面和大家分享，一方面也提醒自己接下來不要忘了。

卷二能得以完成，要感謝許多人。陳弱水教授、黃庭碩先生提供許多有關五代歷史的用語查證，洪啟嵩先生提供一些佛教資料背景，杜李威醫師提供的經脈諮詢，方竹提供的故事發想協助，王倩雯提供的資料尋找協助，洪雅雯的執行編輯，楊啟巽的美術設計，以及總編輯黃健和的持續催稿。

最後感謝所有的讀者。我們卷三再會。

dala plus 016

阿鼻劍前傳〈卷二〉風起八千里

ABI-SWORD：
Prequel
Volume Two

作者：馬利MA LI
繪圖：鄭問CHEN UEN
主編：洪雅雯
企劃編輯：張凱萁
校對：金文蕙
行銷企劃：李蕭弘
美術設計：楊啟巽工作室
內文排版：邱美春
總編輯：黃健和
出版：大辣出版股份有限公司
台北市105022南京東路四段25號12F
www.dalapub.com
Tel：（02）2718-2698 Fax（02）8712-3897
service@dalapub.com
發行：大塊文化出版股份有限公司
台北市105022南京東路四段25號11F
www.locuspublishing.com
Tel：（02）8712-3898 Fax（02）8712-3897
讀者服務專線：0800-006689
郵撥帳號：18955675
戶名：大塊文化出版股份有限公司
locus@locuspublishing.com
法律顧問：董安丹律師、顧慕堯律師

台灣地區總經銷：大和書報圖書股份有限公司
地址：242新北市新莊區五工五路2號
Tel: (02)8990-2588 Fax: (02)2290-1658
製版：瑞豐實業股份有限公司
初版一刷：2022年6月
定價：新台幣380元
Printed in Taiwan
ISBN：978-626-95780-5-4

阿鼻劍前傳〈卷二〉風起八千里 / Abi-sword : prequel. volume two / 馬利作. -- 初版. -- 台北市：大辣出版股份有限公司出版：大塊文化出版股份有限公司發行, 2022.06 面 ;15×21公分. --（plus ; 16）
ISBN 978-626-95780-5-4（平裝）
863.57　　111005875

阿鼻劍前傳

阿鼻劍前傳

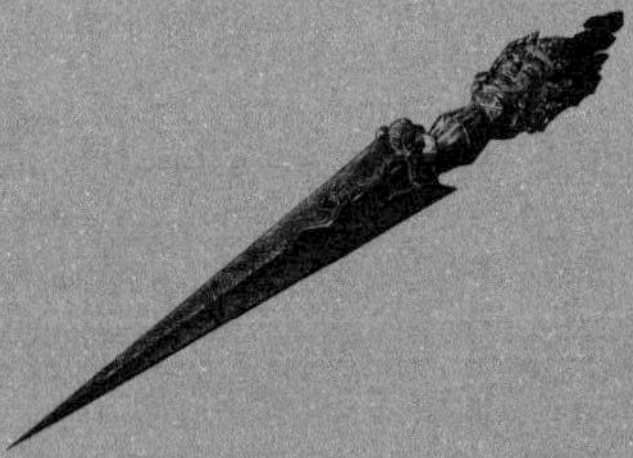